APOLOGIE

du

GOÛT FRANÇOIS,

Relativement à L'Opéra

POEME,

Avec un Discours Apologetique,

& des Adieux aux Bouffons.

l'Explication est à la fin du 3. Chant.

EPITRE

DÉDICATOIRE

A MADAME ***

MINERVE protége la France :
Votre goût décidé pour les rares talens
Honore ces dons excellens,
Les posséde, les récompense.
La beauté vous combla ; mais ses biens superflus
Sont en vous un mérite assez peu nécessaire :
On peut bien se passer d'un ornement de plus,
Quand on a tous les dons de plaire.
Soyez du goût Français, sûr par vous de charmer,
Et l'Héroïne & le Génie :
Pour en faire l'Apologie,
Il suffiroit de vous nommer.

A

DISCOURS
APOLOGÉTIQUE.

JE ne ferois pas affez Philofophe pour avertir le Public de mon irrévérence & de ma fottife, fi j'ofois le
contredire dans fes goûts, & l'éxcéder en déraifonnant.
Mais je fuis affez fincére, en prenant fa défenfe, pour
avouer que je n'aurois pas grande opinion d'un peuple
qui feroit plus de cas de fes Philofophes, s'ils font extravagans, que de fes Muficiens, s'ils font raifonnä-
bles.

Un bon gouvernement admet tous les genres de plaifir & de gloire. Par la même fageffe il profcrit tous les
genres de folie & d'extravagance. Caton ne chaffa de
Rome que les Philofophes, c'eft-à-dire, les Sophiftes &
les Difcoureurs : efpéce d'hommes bien différente des
vrais Sages. Ceux-ci poffedent la perfection du cœur &
de l'efprit ; les autres n'en ont que l'ombre & l'apparence.

C'eft un de ces prétendus Philofophes qui vient de
publier contre la Mufique Françaife un de ces Libelles
extravagans, qui ne paroiffent que pour paffer du mépris univerfel dans l'oubli le plus humiliant. Il eft vrai
qu'on les lit au paffage, parce qu'on lit toutes les folies : mais bientôt le paradoxe s'évanouit avec l'ouvrage ; il n'en refte à l'Auteur que la honte de l'avoir fait.
Si l'on conferve le nom des fous célébres, c'eft pour fervir d'exemple à la terre. Eroftrate brula le Temple d'E-
phéfe par philofophie ; d'autres en philofophant veulent
détruire le Temple des Arts : cette folie là vaut bien
l'autre.

Le but du nouveau Libelle eft d'anéantir la plus belle

A ij

EPITRE
DÉDICATOIRE
A MADAME ***

MINERVE protége la France :
Votre goût décidé pour les rares talens
  Honore ces dons excellens,
  Les posséde, les récompense.
La beauté vous combla ; mais ses biens superflus
Sont en vous un mérite assez peu nécessaire :
On peut bien se passer d'un ornement de plus,
  Quand on a tous les dons de plaire.
Soyez du goût Français, sûr par vous de charmer,
  Et l'Héroïne & le Génie :
  Pour en faire l'Apologie,
  Il suffiroit de vous nommer.

A

DISCOURS

APOLOGÉTIQUE.

JE ne ferois pas affez Philofophe pour avertir le Public de mon irrévérence & de ma fottife, fi j'ofois le
contredire dans fes goûts, & l'éxcéder en déraifonnant.
Mais je fuis affez fincére, en prenant fa défenfe, pour
avouer que je n'aurois pas grande opinion d'un peuple
qui feroit plus de cas de fes Philofophes, s'ils font extravagans, que de fes Muficiens, s'ils font raifonnä-
bles.

Un bon gouvernement admet tous les genres de plaifir & de gloire. Par la même fageffe il profcrit tous les
genres de folie & d'extravagance. Caton ne chaffa de
Rome que les Philofophes, c'eft-à-dire, les Sophiftes &
les Difcoureurs : efpéce d'hommes bien différente des
vrais Sages. Ceux-ci poffedent la perfection du cœur &
de l'efprit ; les autres n'en ont que l'ombre & l'apparence.

C'eft un de ces prétendus Philofophes qui vient de
publier contre la Mufique Françaife un de ces Libelles
extravagans, qui ne paroiffent que pour paffer du mépris univerfel dans l'oubli le plus humiliant. Il eft vrai
qu'on les lit au paffage, parce qu'on lit toutes les folies : mais bientôt le paradoxe s'évanouit avec l'ouvrage ; il n'en refte à l'Auteur que la honte de l'avoir fait.
Si l'on conferve le nom des fous célébres, c'eft pour fervir d'exemple à la terre. Eroftrate brula le Temple d'E-
phéfe par philofophie ; d'autres en philofophant veulent
détruire le Temple des Arts : cette folie là vaut bien
l'autre.

Le but du nouveau Libelle eft d'anéantir la plus belle

A ij

portion des plaifirs de la France ; celui d'une Mufique nationale, dont elle tire tant de gloire par les chef-d'œuvres qu'elle poffède en ce genre. Si l'on en veut croire le Difcoureur, c'eft une bagatelle : peut-on fe fâcher pour des *Chanfons* ? Et pourtant c'eft un Philofophe qui nous en parle avec une efpéce d'enthoufiafme & de fureur. Il fe feroit martirifer pour des *Chanfons* : mais il faut qu'elles foient d'Italie ; & pour lui faire fouffrir le martire, il fuffiroit de l'Opera Français, que cependant il fréquente, dans le deffein peut-être de fe familiarifer avec le fupplice, comme fit Mithridate avec le poifon. Quelle bifarrerie ! quelle inconféquence ! & voilà ce qu'on appelle aujourd'hui la *Philofophie.*

Le Citoyen de Genève, par une fageffe impénétrable, refufe les Muficiens & les Poëtes, pour juger de la Poëfie & de la Mufique. J'ai le malheur, il faut l'avouer, d'être un peu l'un & l'autre. Ce Docteur prétend que les Philofophes font les véritables juges ; & non les maîtres de l'art. Malgré fes prétentions, je me crois plus autorifé que lui, quand je recufe les Philofophes, pour arbitres, dans un affaire de goût & de fentiment : ces Meffieurs n'y réuffiffent guère ; & comme dit notre aimable Périodifte *, *ils ont l'efprit fec, & le cœur froid* ; le Public en conviendra.

Je fai qu'Ariftote & Longin fe font rendu recommandables en parlant du fublime & du Théâtre : mais ils bâtiffoient leurs fiftêmes fur les chef-d'œuvres des grands Maîtres de leur pays, qu'ils admiroient, bien éloignés de les vouloir détruire ; ils confultoient le goût, la nature ; leur leçons refpiroient la fageffe, la vérité : ce font des modéles : ont-ils des imitateurs ?

Non que je ne puiffe comme un autre me donner moi-même pour Philofophe : je le fuis autant que l'homme de Genève ; mais je le fuis autrement que lui. Nous voilà donc tous deux égaux vis-à-vis le Public devant qui je viens défendre la Mufique Française qu'il attaque : ni l'un ni l'autre ne fera juge & partie ; nous renonçons à

* M. Fréron.   A ij

nos droits de Philosophes , de Muficiens , de Poëtes.
Quand à ceux de Citoyens , j'ose avancer qu'un Français
vaut bien un Suifle : paffons à l'ouvrage.

Dans les deux premiers Chants , je crois *mettre en
poudre* le petit Prophéte , en établiffant les vrais principes de l'Opera , tel qu'il doit être , & tel que nous l'a-
vons : il fuffit que la vérité paroiffe pour faire tomber
le menfonge. Voilà les Prophéties de Bohéme écrafées ;
& les Bohémiens réduits à leurs talens ordinaires de *di-
feurs* de *bonne avanture.* Ils ne s'étoient point encore
avifés de faire des miffions de la part du Goût : c'eft une
Divinité qui , je crois , n'a pas de Temple en Allemagne : ou dumoins en fait de goût , on n'y révére que des
faux Dieux , & les faux Dieux font les faux Prophétes.

La chute du petit Bohémien prépare à celle du grand
Allobroge ; & les trois derniers Chants mettent , ce me
femble , mon Génevois hors de combat , en renverfant
tout le fiftême de fa lettre paradoxale fur la Mufique
Françaife. Ces deux brochures , pour le plaifant & le
férieux , contiennent à peu près tout l'efprit & toute la
raifon du parti. Je laiffe à part la politeffe ; il n'en eft
pas queftion avec des Allemands & des Allobroges , fai-
fant], qui pis eft , les Philofophes & les Prophétes. Que
leur avoit fait le goût Français pour venir l'affaffiner
avec le goût de leur pays ? C'eft ici qu'on peut bien
dire qu'on nous a fait une querelle d'Allemand.

Cette double *expédition* peut fervir en même tems
de réponfe à l'examen de la Lettre fur la Mufique Françaife par M. B. dont le Public ne fera pas la dupe. On
a voulu par cette petite rufe corriger la rudeffe révol-
tante du Génevois : & pour en faire mieux adopter le
fond du fiftême , on fe relâche adroitement fur quelques fuperfluités ; ce qui s'appelle *dorer la pillule.* N'en
déplaife à M. B. je crois que l'Auteur eft le *Rodilard* de
la Philofophie , un maître *Mitis* , qui , comme dit la
Fontaine , *blanchit fa robe & s'enfarine.* Mais à *bon chat
bon rat.* Je fuis un vieux routier , je m'y connois ; &
tous les M. B. du monde ne me feront point prendre le
change.

Quoiqu'il en soit M. B. voudra bien prendre pour lui la part de réfutation qui le regarde au sujet de la Langue, de la Poëfie & de la Mufique. En attendant que l'Auteur de l'Examen fe découvre, on peut toujours corriger le titre de l'ouvrage, & fubftituer M. D. à la place de M. B. attendu que M. B. en fait trop, & qu'il écrit trop bien pour un Maître de *Vielle* : ce qui lui feroit tort dans fon métier pour lequel on le croiroit moins propre que pour le genre *Polémique.* Il y a bien de l'apparence que c'eft la faute de l'Imprimeur : ces Meffieurs là n'y regardent pas de fi près ; & d'un M. D. que vous êtes, vous devenez un M. B. que vous n'êtes pas.

Aurefte l'ouvrage en général eft fagement écrit : il contient même d'affez bons principes fur l'art Mufical confidéré dans toutes fes parties que l'artifte doit embraffer. Mais M. B. ne devoit pas décider d'un ton de Maître fur certains articles qui le paffent ; il pouvoit propofer des doutes, & non prononcer des arrêts. Quand il s'agit de Langue & de Poëfie, il faut connoître à fond le mérite des autres peuples pour trouver fon pays inférieur, & le condamner.

La langue des Grecs & des Romains a de grandes beautés : mais a-t-elle la fuperiorité fur la nôtre, quand il s'agit de la Poëfie du Théâtre ? Je fuis fondé à ne le pas croire, & je défie qui que ce foit de le prouver. Corneille, Racine, Quinault font de maîtres hommes ; je ne leur vois point d'égal chez les Romains, ni de fupérieur chez les Grecs. Il feroit plaifant de voir les Italiens nous le difputer pour la Poëfie *Tragique* ! Ils font encore dans l'*enfance* du Théâtre ; & je ne crois pas qu'ils parviennent jamais à la *virilité.* fi M. B. nous les préfére, c'eft qu'il ne les connoît pas ; ou qu'il en parle fur la foi d'autrui. Peut-être eft-il dans le cas de dire avec admiration, comme ce *Ruftre* de la campagne qui écoutoit de toutes fes oreilles les *capucinades* d'un Sermon : *Cela eft bien beau ; car je n'y entens rien.*

Ma réponfe eft un peu tardive, & je ne viens qu'après les autres. Mais on fait trop les raifons de mon re-

retardement pour m'en faire un crime : la Poësie ne va
pas si vite que la Prose ; & c'est moi qui dois fermer la
carriére. Il manquoit sans doute au triomphe de la Musique Française d'avoir été défendue par une Sœur qui
s'intéresse tant à sa gloire. Au reste leur injure est com-
mune : toutes deux sont attaquées ; & c'est à la Poësie à
combattre.

La Musique a trouvé de puissans défenseurs, devant
qui j'ai vû se taire la Philosophie : & ce n'est pas un petit miracle ; les Philosophes sont raisonneurs. Mais aussi
quels athletes marchoient contre eux ! Tu combattois à
la tête, ô ! toi héros de la critique, si connu par tes
graces de stile, & par ta finesse de penser. Deux réfu-
tations pleines de goût, de force & de lumiere, faisoient tes armes ; d'une main tu repoussois les coups, &
de l'autre tu savois en porter. Quelle gloire pour toi
d'avoir mis la Philosophie à la raison ! Elle se tait dumoins, & te redoute : c'est tout ce qu'on en peut tirer
de plus raisonnable ; tu fais taire des Philosophes : fe-
rois-tu davantage, si tu faisois parler des muets ?

Et vous, *Justification de la Musique Française par elle-
même*, vous me paroissés un Discours vigoureux qui,
comme on dit, *emporte la piéce* : vous offez partout des
traits hardis, lumineux & même très-philosophiques
(autrefois on auroit dit satiriques.) Si la Philosophie Allobroge maltraite la Musique Française, il me paroît
qu'a son tour la Musique Française ne ménage pas la
Philosophie Allobroge. On voit bien la chute & la honte
de celle-ci ; mais on ne voit pas qu'elle s'en releve, ni
qu'elle puisse s'en relever. Souffrez, ô *triomphante Justification*, que *l'Apologie*, votre Cadette, donne encore
après vous quelque petit coup de patte à la Philosophie ;
dut-elle lui faire dire en expirant : *Certe bis videor
mori. . . . ***

On pourroit me demander pourquoi je répons en vers
à des attaques en prose. Ma réponse est toute prête, &

* *Il me semble mourir deux fois.*

mes raifons feront convaincantes, fi j'ai réuffi. Mais fi je ne réuffis pas, ce ne peut être que ma faute; & non celle de la Poëfie & de la langue. Toutefois au premier fignal je rentre dans le combat : ma caufe eft bonne, je défens la patrie, & je me bats fur mon terrain. Là ni partout ailleurs un vrai Français ne recule point, eut-il affaire à des armées de Prophétes & de Philofophes, foutenues de tous les corps *Algébriques*.

Dans le pays du goût & du fentiment, A plus B égal à C, les argumens in *Baroco*, & toutes les *vifions cornues* font une fort mauvaife artillerie. Mais moi j'ai les armes d'Achille; elles me viennent d'une main divine; c'eft le goût Français qui me les donne : puis-je en faire un plus noble ufage ?

Sans trop de Philofophie, c'eft à-dire fans trop d'extravagance; (car aujourd'hui c'eft affez la même chofe;) je pourois croire que ce Poëme formeroit un traité paffable fur la Mufique Françaife, en fupprimant tout ce que la néceffité préfente de répondre à des gentilleffes philofophiques m'a fait dire dans la chaleur de la difpute. Sans faire le petit *Juvenal*, je puis affurer que l'indignation dicte des vers. ✱

Avec plus de tems j'aurois pû faire un ouvrage plus digne de la caufe que je défens, & du Public que je refpecte; plus digne même des Philofophes qui ne le refpectent pas. Mais il m'a femblé que ma réponfe preffoit; & le zéle l'a emporté fur l'amour propre. Mes adverfaires ont un grand avantage : ils avoient tout le tems de faire leurs Prophéties meilleures, & leurs Lettres plus courtes. Mais cet avantage eft compenfé par la bonté victorieufe de ma caufe, ou plutôt de la caufe du Public : je n'entre dans la querelle que pour ma part de Citoyen. Voilà la fource unique, & tout le foutien de mon zéle : quel en eft l'objet ? La patrie.

Etre Philofophe, Muficien, Poëte même, c'eft peu de chofe. Etre Citoyen, c'eft beaucoup; & ce titre feul

✱ *Facit indignatio verfum....*

dit tout le reste : mais sans lui tout le reste ne dit rien.
Le manteau de la Philosophie couvre souvent bien des
vices, quoiqu'il ne soit fait que pour servir d'enseigne
aux ridicules. Diogéne poussa loin les droits de la Philosophie ; il devint impudent par principe.

Si dans le Poëme je m'échappe jusqu'à dire de ces
petites vérités qu'il plaît aux gens du monde d'appeller
des *injures*, & que les honnêtes gens ont la foiblesse de
détester, j'avertis que c'est alors comme Philosophe
que je parle : j'ai déja dit que c'étoit le ton de la Philosophie. Comme Musicien, ou comme Poëte, je m'en
tiendrois à notre politesse Française, & je m'y sens na-
turellement porté. Mais je parle à des Philosophes, &
sans la politesse Philosophique on ne m'écouteroit pas
plus que du *Récitatif Italien* : j'ennuierois mon audi-
toire. En un mot, cela est du cérémonial ; je sai l'éti-
quette : il faut que tout se passe dans les regles.

Des petites notes philosophiques me paroissent encore
indispensables, quand elles ne serviroient qu'à faire des
sorties vives sur l'ennemi pour lui lancer des bons
mots & des sarcasmes : ce qui répand une grace infinie
sur un ouvrage, & lui donne sa derniere perfection. Ce
sont toujours des troupes légères qui viennent à l'appui
de l'Armée : on ne sauroit trop prendre de précaution,
pour faire passer un paradoxe révoltant. Citations faus-
ses, historiettes fabriquées, mensonges hardis ; tout
fait arme, tout porte coup. Souvent une petite note est
la botte secrette ; on ne s'attend point à cela.

C'est en quoi le Génevois me paroît un savant maître d'escrime. On a beau dire ; de pareilles notes dans
un ouvrage sur la Musique Française font honneur à la
Philosophie, & j'ai vû telle personne qui ne vouloit lire
de toute la Lettre Génevoise, que les notes : c'est avoir
du goût, & n'avoir pas de tems à perdre. Comme tout
change ! Aujourd'hui les Poëtes sont Philosophes, & les
Philosophes font des *Satires*.

Pour l'intelligence du Poëme, il faudroit sans doute
une relation fidéle de ce qui s'est passé de remarquable

dans la guerre préfente. L'attaque eft vive ; mais la défenfe eft vigoureufe, quoique du côté des Français on
ne fe batte qu'en plaifantant. Convenons pourtant que
les Philofophes font très-bien leur devoir & les honneurs de la Philofophie. Jamais ils n'ont injurié la
France avec tant de force & de courage : ce qui fait croire que la Philofophie eft à fon plus haut degré de perfection ; je veux dire d'extravagance.

La querelle fufcitée à la Mufique Françaife a commen-
cé par une Lettre fur Omphale, Lettre finguliere, d'une
Germanique élégance, & qui tomba dans l'oubli qu'elle
méritoit. Mais on y avoit répandu les femences d'une
guerre civile, dont la déclaration ne s'eft faite dans les
formes que par les Prophéties du petit Prophéte, qui
fervirent en même-tems & de fignal & de manifefte.

Cette rapfodie fe fit lire par fa fingularité : mais en
général elle n'infpiroit que le mépris. Ceux du parti la
croyoient réellement un chef-d'œuvre de plaifanterie :
tant l'enthoufiafme agiffoit ! Il falloit voir des Philofophes, c'eft-à-dire des têtes pleines de raifonnemens
& de calculs, prôner en tous lieux cette *mifére*, avec la
fureur de l'infpiration. Toutefois on y reconnoiffoit aifément un certain goût de terroir : & le petit Prophéte
auroit pû fe difpenfer de nous apprendre qu'il venoit
d'Allemagne ; on ne s'y feroit pas trompé.

Auffitôt le *Coin du Roi* d'attaquer le *Coin de la Reine :*
la guerre fe mit dans tous les *coins de l'Opera.* L'Am-
phithéâtre épuifa fon favoir faire ; & rendit un Arrêt
qui venoit encore d'Allemagne, avec toutes les graces
de la Bohéme. C'étoit le pendant des Prophéties : ces
deux morceaux pouvoient fe le difputer.

Pour fe mieux batttre, on quitta le ton Germanique,
& furtout la prolixité. La guerre prit le train de la chi-
cane ; on procéda comme au Palais, par des Sentences,
des repliques, des interventions ; & cela n'étoit pas fort
plaifant pour le Parti. Différentes brochures vinrent à la
traverfe ; mais rien ne fe décidoit ; on ne faifoit que rail-
ler & medire : plaifante façon de juger de goût & de
Mufique !

On vit donc paroître alors quantité de petites *gaillar-dises* , en vers & en profe , qui n'étoient pas trop du goût de nos Philofophes , quoiqu'elles fuffent pour la plûpart dans toute la politeffe philofophique. Mais ces Meffieurs font convenus entr'eux de n'approuver que leurs propres ouvrages ; parce qu'ils favent ce *qu'il faut pour leur plaire* , & que leurs ouvrages ont toujours ce qu'il faut pour cela..

Si les Nains peuvent engendrer de grands hommes , le petit Prophéte Bohémien fit naître le grand Prophéte Monet. On s'apperçût bien que celui-ci venoit de Fran-ce : il avoit du goût , de la précifion , de la bonne plai-fanterie ; & malgré le proverbe , il fût Prophéte dans fon pays. Mais il s'élevoit contre fon pere : ce fils déloyal en révéla toute la *turpitude* ; il eût la malédiction d'un Parti : fon *molle atque facetum* * fit rire l'autre.

La Cabale baiffoit la voix, lorfque l'Opera de Titon & l'Aurore lui ferma la bouche par le plus brillant fuccès. Toutefois on faifoit encore la *petite guerre* , & les *Houfards* des deux Partis titoient en l'air. Mais la Cabale demeura comme étourdie du coup, jufqu'à ce que le *Devin de Village* , qui n'éft pourtant pas un grand forcier, vint la tirer d'embarras.

Cet Intermede Français trouva grace pour la Mufi-que devant les deux Partis, par un certain mélange des deux goûts, mais affez équivoque , & plus que foible : voilà tout fon mérite ; car pour les beautés de Poëfie, on les cherche encore , & je crois qu'on les cherchera lontems. Il fe fit une fufpenfion d'armes , & la tréve ne s'eft rompue que par un Champion de la Cabale , com-me la guerre ne s'étoit allumée que par un autre.

L'éloquence abfurde & paradoxale du Génevois vient de complimenter philofophiquement la France par une petite Lettre de cent mortelles pages, adreffée à Mon-fieur .... *qui fe fouvient de l'enfant de Silefie, à la dent d'or* : mais ce Monfieur là n'eft en effet que le Pu-

* *Sa plaifanterie fine.*

blic. Car aujourd'hui , sous le nom de Lettre à *Mon-
sieur* , nos Philosophes disent au Public toutes les imper-
tinences qui leur passent par la tête , comme si l'on devoit craindre de les lui adresser à lui-même dans le corps
du *discours* , après qu'on a débuté par les lui dire dans
l'*Avertissement.*

Mon Discoureur éternel se borne , par une modéra-
tion sans éxemple , & bien digne de la Philosophie , à
vouloir anéantir seulement le goût , la Musique , l'O-
pera , la Poësie , & la Langue Française , pour faire la
place nette au triomphe d'Italie , qui se donneroit la
peine de passer en France pour nous divertir à l'Opera.
Voilà le grand objet de cette longue déclamation : quant
au caractére de la Lettre , elle est dans toutes les regles ; pleine de contradictions , avec un faux étalage de
science , & raisonnablement impolie. Je doute qu'on
puisse porter plus loin le stile philosophique : c'est un
chef-d'œuvre dans ce genre , & jamais ouvrage n'a dû
faire tant de plaisir à l'Auteur : assurément il a tout ce
qu'il faut *pour lui plaire.*

Après ces aparitions de Prophétes , & ces prédications
de Philosophes , avouons , Français , qu'il faut que
nous soyons de grands *vauriens* & des cœurs bien en-
durcis dans le mal , pour ne nous pas convertir , c'est-
à-dire pour ne pas adopter la Musique Ultramontaine
aulieu de la Musique Française. La *révélation* tonne ,
la *raison* crie : tout nous prêche , depuis les maîtres *Philosophes* , jusqu'aux plus petits *Ecoliers* ; l'Allemagne & la
Suisse font des missions ; & pourtant nous demeurons
inébranlables dans ce maudit goût Français qui nous sé-
duit & nous enchante. Comment récevons-nous ces Prophétes qui nous viennent de la part du Goût d'Allemagne ; ces Philosophes qui nous parlent Musique comme des Allobroges ?. nous les raillons , nous les baf-
fouons , nous les *vilipendons*. . . . .

Pour comble d'aveuglement & de misére , il y a toute
apparence que nous mourrons dans l'*impénitence finale* :
je ne vois aucun bon Français qui veuille renoncer à

cette Enchantereffe de Mufique nationale. Nous devrions bien cependant nous repentir de nos plaifirs paffés, en adoptant la Mufique Italienne, fi propre à mortifier nos fens, aulieu de ce funefte goût Français qui nous plaît tant, mais qui nous damne. Songeons qu'il n'eft point de moyen plus fûr de faire pénitence que de quitter notre Opéra pour celui d'Italie, & qu'enfin il ne doit y avoir dans l'Europe qu'une Mufique, comme il n'y a qu'une Religion ; celle de Rome.

Mais pour avancer notre converfion, jettons lès yeux fur le fpectacle qu'on nous promet, fi nous devenons affez raifonnables pour le recevoir à titre de pénitence ou de plaifir : ce n'eft pas de quoi s'embaraffent nos Philofophes ; eh ! que leur importe comment on le recevra, pourvû qu'on le reçoive ?

Il eft vrai que nous n'avons point *d'oreilles pour entendre :* mais on nous en fera venir d'Italie, avec un Opera tout monté. Je n'y vois plus d'inconvénient ; & le grand *Réformateur* de Genéve n'a point encore dit qu'il nous manquât *des yeux pour voir.* Apparemment que les nôtres nous fuffifent, & que le Spectacle d'Italie n'eft pas des plus merveilleux. En tout cas, il n'en couteroit pas plus de faire venir des yeux que des oreilles : ainfi point d'obftacle. Nous avons la fottife *d'ouvrir la bouche* en chantant : c'eft un défaut effentiel, parce que les Italiens ne chantent pas la bouche ouverte : ils ne chantent que du nés & du gofier. Hébien ! nous fermerons la bouche en chantant ; cela ne nous fera pas difficile : car nous l'avons petite en France ; ce qui nous épargnera la peine de faire venir des bouches d'Italie, d'autant plus qu'elles font fort grandes : *ainfi du refte.*

Quant à notre Orcheftre Français, on lui fera pour le remercier un petit compliment Philofophique ; puifqu'il *ne fait pas feulement la différence de Piano à Dolcé ; & que quand même il la fauroit, il ne pouroit la rendre....* Qui dit cela ? C'eft l'Oracle des Bouffonniftes, le Philofophe par excellence, le Panégirifte de l'ignorance couronnée, le pere *putatif* du *Devin de Village,*

& pour dire encore plus, l'Auteur inimitable de la fameuse Lettre sur la Musique Françaife. Peut-on avoir des titres plus autentiques, plus impofans ? Et quand on les a, peut-on avoir tort ?

Mais avant de congédier notre Orcheftre, pour aller s'établir en Italie fur *des tréteaux de guinguette*, ou peut-être avec le tems il fe formeroit, quelque honnête homme de la *vieille Perruque* * à la vérité, mais de bon fens, voudra favoir fi ce qu'on nous donne à la place de notre Opera Français en vaut la peine. Car, dira-t-il, un Philofophe de Genève peut fe tromper comme un Philofophe de Paris : il peut voir les chofes bien différemment de ce qu'elles font ; *l'omnis homo mendax* vient-là comme de cire. Mallebranche voyoit tout en Dieu : *Jean Jacques* voit tout en lui-même ; tout jufqu'à fon propre *mérite*, fon goût, fon talent, fa raifon, qui pourtant font des objets, difent les railleurs, très-imperceptibles. Il apperçoit des *pailles* dans notre Mufique, & nous les voyons comme lui quand elles y font. Montrons-lui des *poutres* dans la Mufique d'Italie : & c'eft *tant pis* pour lui, s'il ne les voyoit pas ; il faudroit qu'il fut aveugle.

Par la conftitution du Poëme, l'Opera Italien n'eft qu'une Tragédie fort fimple, & bornée abfolument à la vérité de l'hiftoire, ou dumoins à la vraifemblance hiftorique. Toutes les paffions s'y traitent comme dans la Tragédie, mais avec plus de féchereffe & de précifion. Tels font les fameux Opera de Métaftafe le plus renommé des Italiens dans ce genre. On y retrouve la plûpart des Héros de nos Tragédies Françaifes, avec leurs fitua-

---

* C'eft ainfi que les Petits-Maîtres de la Philofophie ridiculifent tous les amateurs & partifans de la Mufique des Lulli, des Campra, de Rameau lui-même : on les appelle *gens de la vieille Perruque*. Il ne faut pas, difent-ils dans leur *Coin*, manquer de refpeck à la Mufique Françaife ; les *vieilles Perruques* font refpectables .... & puis tous les *Confédérés* de rire : car de pareilles gentilleffes ont tout ce qu'il faut pour *leur plaire*. Le Génevois en a fait un des ornemens de fa Préface, quand il dit pour badiner qu'on l'accufe de *manquer de refpeck à la Mufique Françaife*.... Cela, par exemple, a très-bonne grace dans fa bouche.

tions un peu déguisées : c'est Corneille & Racine assez adroitement refondus dans un moule d'Italie Mais comme ces ouvrages là n'ont point le merveilleux de la Fable, ni la variété de Spectacle qui nous interesse tant dans un Opera Français, on n'y trouve tout au plus qu'une Tragédie à la Grecque ; dénuée d'incidens & d'action.

Par l'accessoire de la Musique, l'Opera Italien n'est qu'un simple composé de Récitatif & d'Ariettes. Les Ouvertures n'entament jamais la matiere ; elles font à la volonté. Pour l'ordinaire on vous donne du Concerto. C'est alors que l'Orchestre exécute avec des transports convulsifs qu'il communique aux spectateurs pour tout le reste du spectacle. Ils n'ont pas de *Bucheron* ; mais leurs pieds en font l'office. Alors tous les *virtuoses* de crier à pleine tête : *Rinforzando, dolce, risoluto, con gusto, spiritoso, sostenuto, con brio* ... mots admirables, qui selon le Génevois n'ont point de sinonimes dans notre langue, excepté ceux-ci qui se trouvent sous ma main : *en renforçant, doux, fier, avec gout, pathétique, expressif, soutenu, avec grace, avec esprit, avec ame, avec enthousiasme,* &c. &c. En voilà de reste, & le Génevois n'a qu'à choisir pour faire exécuter sa Musique. On pourroit multiplier ces caractères d'exécution en les subdivisant jusqu'a l'infini : ce qui ne seroit plus qu'une *pédanterie.*

Quant à CON GUSTO je ne crois pas qu'il faille avertir nos Français de jouer *avec goût* : mais il est bon de le recommander aux Italiens ; encore souvent oublient-ils l'ordre. Aussi ne parle-t-on jamais dans notre Musique de *con gusto* ; c'est une regle que tout le monde sait en France ; le goût dépend du caractére propre au morceau qu'on exécute. Pour le *con brio* je voudrois bien qu'on le criât comme en Italie : nous verrions toute la *gaité* de notre Orchestre Français, qui lui seul en vaut une douzaine d'Italiens, pour le mérite & le nombre. Il seroit beau vraiment qu'il allât s'établir dans ce pays-là sur des *tréteaux de guinguette* ; les guinguettes feroient bientôt déserter les Salles d'Opera : on quitteroit tout pour le *con gusto* & le *con brio* de France.

L'ouverture finie, le fujet de la Piéce s'expofe par du Récitatif; le nœud fe forme par du Récitatif; l'intrigue fe conduit par du Récitatif; le dénoument fe fait par du Récitatif : toujours du Récitatif. Eh ! Quel Récitatif encore ! Il eft maigre, fec, ennuieux, dégoûtant même pour des oreilles Françaifes; & c'eft relativement à nous qu'il s'agit de Mufique Ultramontaine. Il n'eft entrecoupé que rarement par des Ariettes; autre denrée moins fade à la vérité, mais non plus folide. Point de chœur, ou bien ils font gauches & mal deffinés : point de danfes, ou bien elles font eftropiées & bifares : point d'airs de caractére, ou bien ils font manqués & ridicules.

Mais les Décorations intéreffent par les béautés de perfpective ; les Italiens excellent dans cette partie. L'Opera n'eft donc chez eux, que la fimple Tragédie avec Ariette & Décoration : car leur récitatif ne vaut pas la peine qu'on en parle, puifqu'eux-mêmes ne prennent pas la peine de l'écouter. Autant vaudroit s'en tenir à la déclamation tragique, telle qu'elle eft, tout uniment, fans ces groffes notes qui viennent par intervalle, moins foutenir la voix de l'Acteur, qu'affommer l'oreille du fpectateur.

On ne grave point les Opera d'Italie : ils n'en valent pas la dépenfe ; que graveroit-on d'ailleurs ? Les Ariettes s'envolent fur des feuilles légéres, comme les Oracles de la *Sybille* : ce font les Vaudevilles du Pays, & c'eft tout ce qu'on peut tirer d'un Opera. Les Ariettes détachées, il ne refte plus qu'un mauvais Récitatif. Dans ce Pays là, tout le monde en fçait faire ; il n'y a qu'à parler, & mettre de groffes notes à chaque phrafe. Cela fait du Récitatif bien facile, mais cela ne fait pas de beau Récitatif. Le naturel n'eft pas le dégoûtant ; & l'art ne doit imiter que la belle Nature ; ou bien ce n'eft pas la peine qu'il s'en mêle.

Au refte rien n'eft plus aifé à faire qu'un Opera d'Italie, & ce n'eft pas un *Opera.* Vingt Compofiteurs fe mettront à travailler tous à la fois fur le même fujet : &

dans trois ou quatre jours, voilà vingt Opera, c'est-à-dire, vingt grands corps de Récitatif sans ame, relevés de cinq ou six Ariettes extravagantes ; les plus bisarres sont les meilleures, ou du moins elles réussissent le mieux. Cinq ou six accès de folie font cette *besogne* ; elles sont l'ouvrage du caprice : le Récitatif se fait en courant. Une telle opération n'a rien de merveilleux, & je ne vois pas qu'un Opera fait en 24 heures soit un miracle, quand il n'a point d'Ouverture propre, d'Airs de danse, & de caractère ; en un mot quand il est sans Duo, sans Chœurs, sans goût, sans raison.

Cette Musique est cependant repandue par toute l'Europe : voici pourquoi. Les Italiens sont Charlatans de leur métier, intrigans de caractère, & Musiciens par inclination. Leurs Opera s'éxécutent sans appareil, à peu de frais, avec peu d'Acteurs. Un *Castrat*, deux voix d'hommes, autant de femmes, & quelques instrumens ; surtout un *Sauteur avec sa Sauteuse* pour danser de la Gigue : il n'en faut pas davantage ; & la Cour d'un Prince d'Allemagne peut avec cela se vanter d'avoir un Opera Italien. On pourroit même se passer de femme ; le *Castrat* dans un besoin sert d'Actrice, puis redevient Acteur. Il joue l'un & l'autre aussi heureusement : cela lui est fort égal.

Ce personnage là, par exemple, me paroît bien singulier ; & si les Italiens ont d'étrange Musique, il faut avouer qu'ils ont aussi d'étranges Musiciens ; tout prouve la bisarrerie de leur goût. Une belle voix de femme n'a point pour eux assez de charmes ; il leur faut un personnage mixte, & hors de la nature : c'est l'inhumanité de l'art qui le leur donne ; Acteur bien digne à la fois de la Musique qu'il exécute, & de ceux qui l'entendent exécuter !

Sçait-on pourquoi les *Caffarelli* se sont établis en Italie ? C'est pour y chanter dans les Eglises des *Oratorio*, que nous appellons en France, des *Motets ou Saluts*. Autre bisarrerie des Italiens : comme si l'inconvénient de chanter en *Castrat*, dans la *Maison du Seigneur*, étoit
moins

moins grand que celui d'y chanter en femme. On eft
édifié dans ce Pays là de ce qui nous fcandaliferoit dans
le nôtre. Car enfin nous croyons, nous autres Français, que Dieu veut être *loué* par l'homme, tel qu'il l'a
fait, & que la femme peut chanter fes louanges tout
comme un autre, fans qu'il foit néceffaire de lui fubftituer un perfonnage du *genre neutre.* En France nous
fommes francs, naturels, & nous n'y entendons point
fineffe.

Nos Philofophes foutiendront fans doute l'honneur
du *Caffarellifme*, comme plus conforme à la Philofophie ; (ce qui déformais ne peut fignifier que l'extravagance.) Une petite lettre du Génevois fur cette matière
feroit encore un morceau bien curieux. Il nous prouve-
roit, par exemple, que cela nous *fermeroit la bouche,*
pour mieux chanter ; nous ôteroit *la rauque dureté* de la
Langue, & nous rendroit infailliblement le gofier plus
lyrique ; avantages qu'on doit préférer à tous les biens
du monde. S'il avançoit une fois ce paradoxe, qui ne
pafferoit pas plus en France que celui de fa lettre fur la
Mufique ; il feroit homme à fe faire *Caffarellifer*, plutôt que d'en démordre ; & cela pour la gloire de la Mufique Ultramontaine. Voila, fi je ne me trompe, le *Nec
plus ultrà* de la Philofophie : c'eft le point le plus extravagant de fa perfection. Origéne fût jufques-là ; pourquoi notre Original n'iroit-il pas ?

Il *Caffarellife* déja beaucoup par fa façon de penfer &
d'écrire : il pourroit bien poufler plus loin la reffemblan-
ce. *Caffarelli*, dit-il d'un air infultant, *connoiffoit la
portée de fes Auditeurs* ... Cela peut-être, Monfieur le
Philofophe : fes Auditeurs connoiffoient auffi la fienne ;
& s'il a dit quelque impertinence, on lui pardonne. Sa
manière d'être met toujours un homme de mauvaife
humeur ; il avoit comme vous fes accès de Philofophie. Au refte on doit lui paffer quelque chofe
en faveur de la voix ; elle lui coute affez cher pour qu'il
en tire vanité. Mais ce qu'on ne pardonne point, c'eft
l'impertinence d'un *Caftrat* répétée par un Philofophe.

B

La belle autorité que celle d'un homme facrifié par état, & par crime aux excès de la Mufique Ultramontaine ! L'idée feule du perfonnage revolte en France : il ne doit fa gloire qu'à l'opprobre.

C'eft pourtant ce perfonnage là qui fait tous les honneurs du Théâtre Italien : c'eft lui qui fait voltiger les Ariettes, & qui les porte dans les nues où fa voix va fe perdre par des roulemens qu'on ne trouve point *dans la Nature.* Les Acteurs fubalternes font réduits au Récitatif, & font des grimaces que les Italiens appellent des geftes : car dans leurs Opera tout eft bifarre ; tout eft manqué. On n'y voit de machine, dé danfe, & de pompe que ce qu'il plaît à l'Entrepreneur d'en mettre, pour rendre le fpectacle plus hétéroclite : cet acceffoire fe fait rarement en Italie, & toujours il fe fait gauchement.

Qu'on fe figure des Tragédies à la place des intermedes : c'eft la même marche, le même vuide, le même ennui de fpectacle. Encore a-ton retranché des intermedes qu'on nous donne la moitié du Récitatif pour les farcir d'Ariettes, d'autant plus infoutenables dans ces ouvrages rapetaffés, qu'elles font plus étrangères au fujet. On fait la même cérémonie pour les Opera : les Italiens n'y regardent pas de fi près ; tout paffe fous le nom de Mufique. Il s'agit bien dans ce Pays là de régularité, de liaifon, d'analogie ! le défordre de l'Opera marque mieux celui des paffions ; & les paffions ne marchent pas en Italie : elles ne font que des bonds, des gambades, des caprioles. . . . *

Juftes Dieux ! un tel fpectacle peut-il férieufement fe comparer à l'Opera Français ? N'a-t-on plus de bon-

---

* Les Italiens fincéres (car il en eft) conviennent de tous ces défauts. On en cite jufqu'à deux ou trois qui fe plaignent que leur mufique n'a point de caractere propre, fi ce n'eft l'extravagance : qu'à force de vouloir trop peindre, elle ne peint plus rien ; que les Opera font *ennuieux à la mort* pour quiconque n'eft pas monté fur le ton général de la nation, celui de la folie.... Avec leur permiffion, ces Meffieurs ont grand tort de fe plaindre il faut qu'une mufique nationale, pour être bonne, porte le caractere de la nation ; & fur ce principe la mufique Italienne eft excellente....

ne foi, quand on propose des *systémes* ? Veut-on renver-
ser les idées les plus communes ; & les Philosophes ont-
ils eux-mêmes la cervelle renversée ?

Mais laissons cette matière à la Poësie, & citons à ce
sujet une petite anecdote dans le goût philosophique,
afin que tout se passe dans les regles & que le Parti puisse
dire en la voyant : *honneur à la Philosophie* !

Pendant les dernieres Campagnes, je me souviens
d'avoir vû représenter à Bruxelles, par les écoliers du
Collège, une Tragédie latine : c'étoit la mort d'Absalon.
La piéce fût jouée dans tout le goût du Pays ; il n'y manquoit assurément qu'une demi-douzaine d'Ariettes se-
mées dans les Actes, & qu'une enfilade de *grosses notes*
pour soutenir la voix de l'Acteur. A cela près c'étoit un
véritable Opera d'Italie. J'en juge ainsi par la forme que
la piéce avoit, & par l'ennui qu'elle nous causa. Bien-
heureux Flamands, vous admirates & l'ouvrage, & l'é-
xécution ! Mais nous éprouvames, nous autres Français,
tout le malheur d'avoir des *oreilles pour entendre*.

Le même malheur nous arrive encore aux intermedes
d'Italie : que seroit-ce donc, si c'étoit de véritables O-
pera ? Mais c'est *tant-pis* pour les Italiens, & *tant-pis*
pour les Philosophes : l'imposture se *démasque* ; ils nous
promettent des enchantemens, & nous n'éprouvons que
des supplices.

Toutefois, Amateurs Français, consolez-vous de n'a-
cheter qu'a ce prix l'avantage de connoitre la Musique
Ultramontaine, & de concevoir tout l'ennui de leurs O-
pera, par celui que vous causent leurs intermedes. L'é-
preuve que vous en faites, vous sert de préservatif contre de plus grands malheurs ; & rend témoignage à la
délicatesse de votre goût. L'afféterie, l'excès, les grimaces vous revoltent ; vous êtes montés sur le ton du beau,
du vrai, du naturel. Puisse le Dieu tutélaire du goût vous
conserver toujours dans cette heureuse constitution de
cœur & d'esprit, qui par la justesse du tact procure dans
la Musique les plus doux plaisirs du sentiment !

Et vous, jeunes Compositeurs ; (car à l'exemple du

Génevois, il faut apostropher tout son monde,) n'allez pas comme des têtes folles vous embarquer pour un
voyage dans la Musique d'Italie. Formez vous aupara-
vant le goût par l'étude de la Musique Française, & faites surtout provision de beaucoup de jugement ; car on
n'en trouve guère dans ce Pays là, je vous en avertis ; &
même on y peut perdre celui qu'on y porte. Sans ces pré-
cautions, vous risquez d'en revenir, comme *Tavernier*
revint de ses voyages, avec bien des *Coquilles*, & plus
encore de *mensonges*.

Il faut sans doute voir de tout : du bon, du médio-
cre, du mauvais même pour le connoitre & l'éviter. Au
reste des extravagances font souvent naître de belles
idées, quand elles rencontrent le génie. On dit que Mil-
ton conçut le plan de son *Paradis perdu*, chef-d'œuvre
de la plus grande force, en voyant représenter une
Farce Italienne, dont nos *premiers Peres* faisoient le sujet. Peut être Rameau doit-il ses *Indes Galantes* à quelque intermede que je ne connois point, ni ne veux connoitre.

Mais il est toujours bon de faire un petit voyage dans
la Musique Ultramontaine, quand ce ne seroit que
pour voir bien des folies : on en voit si peu dans la nôtre, que cela ne vaut pas la peine d'en parler. Il faut
avoir l'esprit bien philosophe pour en trouver de quoi
faire une Lettre qui ne finit point. Aussi la docte Pan-
carte du Génevois n'est-elle remplie d'un bout à l'autre,
que de folies de son invention. Ce nouveau Quichote
s'est fait des monstres pour avoir l'honneur de les combattre ; ce qu'on lui pardonneroit, si les injures n'en
étoient pas. Il est très permis, je pense, aux Philosophes
d'être *Visionnaires* : c'est leur état. Mais il ne faut pas
que les visions nuisent à la Société, ni que les injures se
mettent de la partie. Elles font toujours de trop contre
des particuliers ; contre une Nation entière, ce font des
attentats : un Philosophe n'en craint pas les conséquen-
ces ; mais un Citoyen doit les craindre.

Je me condamne ici moi-même, si j'ai dit quelque

chofe de trop vif au fujet des Allemands, des Allobroges, & même des Italiens, peuples refpectables, & que
je refpecte ; mais par d'autres qualités plus folides que la
Mufique & le goût. Au refte, je n'en ai parlé que par
repréfailles, pour faire voir qu'ils ne font pas exempts
de reproches : en un mot je ne demeure pas chez eux, &
j'ai ma Patrie à deffendre, contre quiconque l'attaque ;
il faut s'en prendre aux *Aggreffeurs* : pourquoi la Mufique Ultramontaine fait-elle faire des extravagances,
même à des Philofophes Suiffes ?

Le Quichote d'Efpagne revint de fa folie : il n'étoit
pas fou par principe, c'eft-à-dire Philofophe : ces deux
mots font devenus *Sinonymes.* Mais le Quichote de
Genève ne reviendra jamais de la fienne : il extravague
de fang froid, avec réfléxion. C'eft un fiftême fuivi ;
fa folie eft combinée. S'il avoit défini la Mufique, l'Art
d'imiter par les fons : * & qu'il eut appliqué cette défini-
tion toute fimple à la Mufique Françaife ; il auroit vû
fans doute, que l'application du principe quadroit par-
faitement : mais il n'auroit pas eu de Lettre à faire, &
pourtant il en falloit faire une à quelque prix que ce fût :
auffi Dieu fçait comme elle eft faite.

Je ne la fçaurois mieux comparer qu'à l'Opera d'Italie ; & fans lui cette Lettre feroit incomparable, comme il feroit incomparable fans elle. On y trouve l'extravagance des Ariettes, l'abfurdité des Chœurs, & la mal-
adreffe des Danfes : il n'y a pas jufqu'à là mauffaderie
du Récitatif qui ne s'y reconnoiffe ; lui qui ne reffem-
bloit à rien, reffemble maintenant à quelque chofe.
Pouvoit-on mieux louer le goût Italien, que de l'imiter
lui-même dans un panégirique fait à fa gloire, & que
l'Auteur ne donneroit pas pour celui de Pline ?

Mais l'efprit de *Chevalerie*; ou de *Philofophie*, (car
je n'y vois aujourd'hui nulle différence,) eft ce qui do-

* L'objet de tous les arts comme, dit M. B. (& fouvent M. B. dit de
fort bonnes chofes) eft de peindre la nature : la Poéfie à l'efprit, la
Peinture aux yeux, & la Mufique à l'oreille.

miné le plus dans cette production singulière : pour qui cherche à *ferrailler*, les *Moulins* deviennent des *Géans*, & les phantomes font des armées. On fe figure des ennemis, un champ de bataille, des triomphes. Qu'arrive-t-il ? On fe fait des ennemis réels ; de véritables combats fe donnent ; chacun tombe fur le pauvre *Quichote* ; chacun lui porte fon coup. Il eft tout étonné de fe voir la victime de fa rêverie ; & la dupe de fa valeur ;

Le mafque tombe, l'homme refte,
Et le Héros s'évanouit.

APOLOGIE
DU
GOÛT FRANÇAIS.

CHANT PREMIER.

Parmi tes défenseurs j'ose élever ma voix,
France ; ton goût sublime autorise mon choix,
Et chez ton peuple heureux, ami de l'harmonie,
A pour base le vrai, pour soutien le génie.
   Non que ce goût divin, flambeau de la vertu,
Toujours victorieux, & toujours combattu,
Pour triompher encore ait besoin de mes armes :
Il se défend lui-même, & combat par ses charmes.
Mais on peut étaler sa pompe, ses appas,
Pour qui les dissimule, ou ne les connoît pas :
On peut confondre ainsi l'orgueilleuse folie
Qui croit en t'abbaissant élever l'Italie.
C'est couronner ton front de lauriers immortels ;
C'est orner ton triomphe, & venger tes autels.

La Musique aujourd'hui consacre mon homage :
Sœur de la Poësie & sa brillante image,
Il faut pour la chanter le langage des Dieux ;
Son temple est sur la terre, & son trône est aux cieux.

ELLE a donc retenti la voix de ce Prophéte,
Qui se disant du goût le fidéle interprète,
Par l'insipide amas de vaines fictions
Nous donnoit pour des loix ses folles visions.
S'élevant sur l'opprobre un rempart de Libelles
Il servit de Héros, & de Chef aux Rebelles.
La guerre s'alluma : les rapides écrits,
Plaisans ou férieux, inondérent Paris ;
Et la plume à la main combattant pour la gloire
L'un & l'autre Parti balança la victoire.

Veut-on, couvrant ses pas de nuages épais,
Entre deux goûts rivaux négocier la paix ?
Le projet est louable, & digne d'un grand homme.
Mais tout l'honneur doit-il en rejaillir sur Rome ?
Ébloui de sa gloire, on la traite partout
En Reine du Théâtre, en Maîtresse du goût.

L'Italien jaloux croit-il dans la Musique
Usurper la couronne, & l'empire Lirique ?
Son plat Récitatif dans l'ennui nous endort ;
Nos grands Chœurs de son art surpassent tout l'effort.
A la seule Ariette il borne son mérite ;
Voilà sa passion, sa beauté favorite ;
Il s'épuise pour elle, au jugement du goût,
Et c'est l'Idole vaine à qui s'immole tout.

J'en appelle à témoin l'Italien lui-même,
Qui de son Opéra sent la langueur extrême.

Il attend, toujours morne, & prêt à sommeiller,
Qu'une Ariette enfin vienne le réveiller.
Le spectacle amusant d'une danse imprévue
Rarement y délasse & divertit la vue :
Les beaux Airs de Rameau qu'on y mêle aujourd'hui
Introduisent la danse, & dissipent l'ennui.
Le goût Français s'y glisse en dépit de l'extase
Où les retient encor le nom de Métastase :
Nos embéliffemens, nos Chœurs vont les gagner ;
Pourquoi donc les Français font-ils à dédaigner ?

    Comme leur Poësie, on voit sans imposture
Leur Musique briller des trais de la nature :
Ils ne s'égarent point dans un frivole excès ;
La fageffe a marqué les ouvrages Français.
Aujourd'hui les Romains affectant les prodiges
Pour des réalités nous donnent des prestiges :
L'Italie a reçu l'art de l'invention ;
Mais la France a l'honneur de la perfection.

    Vainement on nous vante une Muse étrangère :
Quand le Français l'admire en son humeur légère,
C'est que la nouveauté lui fascine les yeux ;
Il reviendra toujours au goût de ses Ayeux.
S'il falloit embellir sa grace naturelle,
Rameau pourroit encor se signaler pour elle ;
Et son art consultant le goût de son pays
En feroit une Reine, & non une Laïs.
Mondonville cueillant au sein de sa patrie
La fleur de politeffe & de galanterie,
Qui toujours fur nos mœurs répand l'aménité,
Avec plus d'élégance orneroit sa beauté.

Le goût Français fuffit pour guide, pour modéle :
On ne s'égare plus, lorfque d'un pas fidéle
Au chemin de la gloire on s'avance avec lui ;
Il ne fût pas toujours ce qu'il eft aujourd'hui.
Jadis enveloppé dans fa forme Gotique
Il n'avoit point les traits du grand, du pathétique :
Par le fecours de l'art les tems l'ont épuré ;
Dans l'Europe favante il fe voit adoré.

C'eft par lui que Racine & l'aîné de Corneilles
Rendoient dignes des Dieux leurs tragiques merveilles ;
Que le divin Moliére aiguifant tous fes traits
Nous laiffa de nos mœurs d'admirables portraits ,
Et que brillant toujours des couleurs les plus belles
Defpréaux nous dicta fes leçons immortelles.
C'eft par lui qu'entouré des graces & des ris ,
Et peut-être effaçant leurs plus chers favoris ,
Le charmant La Fontaine a pris dans la nature
De fa fimplicité l'élégante parure.
C'eft par lui qu'élancé dans le chemin des Cieux
Rouffeau chante les Rois , les Héros & les Dieux :
Il ne s'égare point en fon vol pindarique ,
Et tout s'allume au feu de fon flambeau lirique.
C'eft par lui que Voltaire offrant la vérité
Peint de Henri le Grand le courage indompté
Et d'un fiecle fameux nous retraçant l'hiftoire
Marche avec fon Héros au temple de mémoire.

Le goût brille en tout genre, & jufques dans nos
  mœurs
Il a rectifié nos façons, nos humeurs.
Des plaifirs les plus doux, c'eft la fource féconde,

Et sa vive influence est l'ame du grand monde.
Le Beau-sexe le porte à sa perfection ;
C'est le triomphe enfin de notre Nation.
Que d'efforts superflus , quand l'Etranger aspire
A cet aimable goût que la France respire !
Gracieuse attitude , air aisé , doux maintien ,
Tout le caractérise & lui sert de soutien.
Paris a surpassé l'élégance d'Athéne ,
Et nous possédons seuls l'urbanité Romaine.

Sur l'éclat de Versaille , & la Cour de LOUIS ,
Heureux Français , portés vos regards éblouis :
Vit-on la Cour d'Auguste en sa magnificence
Étaler plus de pompe avec plus de décence ?
Ce mobile Océan d'intrigues , de complots ,
Dont les ambitieux vont affronter les flots ;
Cette orageuse mer , par son bruit importune ,
Que le sage abandonne au vent de la fortune ,
Semble fixer aux yeux son instabilité ,
Pour nous offrir le goût dans toute sa beauté.
Il fait monter au thrône , il fait même en descendre :
Jusque dans les plaisirs on le voit se répandre ;
Et comme ridicule , il en bannit l'excès :
Dans les *Fêtes* surtout regne le goût Français.

LOUIS est son Héros ; à qui peut le connaître
Il montre dans un Roi le plus aimable Maître.
Les Graces sous son regne ont embelli la Cour :
Au sein de la grandeur elles font leur séjour ;
Et parmi les talens , avoués du Monarque ,
Ornent les jours heureux que lui file la Parque.
Le goût les favorise , & les répand partout :

A leur tour les talens favorifent le goût.
Parmi nous dans fa gloire il repofe tranquile,
Et déformais la France eft fon plus cher afile.

Vous le favez trop bien, Peuples de l'univers,
Dont la France a reçu les fuffrages divers ;
Et vous, Climats voifins, qui fans reconnoiffance
Profitant de fon goût rabbaiffés fa puiffance.
La jaloufe Italie à l'hommage prétend :
Plus loin par les beaux arts fon empire s'étend.
Mais fuit-elle du goût les glorieufes traces ?
Ne la voit-on jamais eftropier les graces ?
En cherchant trop à plaire on devient affecté,
Et de vains ornemens déparent la beauté.

Il eft des *Concetti*, des Pointes en Mufique :
Elle a comme un autre art fes fleurs de Rhétorique ;
Et comme en Poëfie un ftile fage ou vain
Y décéle aifément le goût de l'Ecrivain.

Je veux peindre un Berger fur la molle fougère,
Tendre, fidéle, aimable auprès de fa Bergère,
Jouant avec les ris compagnons des beaux jours,
Et par quelques faveurs amufant les amours ;
Dans des Airs éclatans, & chargés d'harmonie
Irai-je évaporer les feux de mon génie,
Et peindre le triomphe ou le fafte des Rois.
Aulieu des doux plaifirs qui regnent dans les bois ?
Par des vers ampoulés, ftupidement fublimes,
Irai-je, alambiquant mon efprit & mes rimes,
Faire une grande image aulieu d'un jeu charmant,
Et ridiculifer le Poëte & l'Amant ?

Voilà l'Italien, que l'excès deshonore :

Il manque l'a-propos , ou plutôt il l'ignore.
A ſes productions le choix n'a point de part ;
Il contredit le goût & tirannise l'art.
Un Héros voit la foudre éclater ſur ſa tête ,
Et l'infortune arrive ainſi que la tempête :
Sur le bord du naufrage , environné des flots ,
Il compare ſon ſort au ſort des matelots.

   L'ardent Compoſiteur , emporté par l'orage ,
Au malheureux Héros fait chanter le naufrage :
Par ſa bouche les vents ſifflent pour ſon malheur ;
Tout eſt peint dans l'image , excepté ſa douleur.
Des roulemens affreux vont lancer le tonnerre ;
Une Comparaiſon agite Ciel & Terre :
Et malgré ſa triſteſſe hélas ! l'infortuné
A jouer ſur les mots eſt partout condamné. *

   Un Français avec goût nous rendroit cette image ;
La ſeule ſimphonie annonceroit l'orage ,
Et le triſte Héros dans ces cruels momens
Pouſſeroit des ſoupirs & non des roulemens.
C'eſt ainſi qu'un grand Maître en a fait la peinture :
Dans l'ouvrage de l'art il a peint la nature. **

   Pour former un tableau d'après le ſentiment ,
Il faut que le goût même en faſſe l'ornement ;
Et du hardi pinceau la richeſſe fatale
Ne doit point étouffer l'image principale.
Les Lulli , les Campra , ces immortels Auteurs ,
Étoient de la nature heureux imitateurs.

* *Vo ſolcando un mar crudele* , &c. Ariette dans l'Artaxerce de Metaſtaſe.
** *Vaſte empire des mers* , &c. Air de M. Rameau dans les Indes galantes.

Rameau se montre encor comme un parfait modéle ;
Plus nerveux, plus brillant, mais à leur goût fidéle.
Voilà du goût Français les oracles divins ,
Et nous ne croyons pas à des Prophétes vains.

Mais sur notre Théâtre avoué de l'Europe ,
Pour entendre gémir Andromaque ou Mérope,
Il faut du Merveilleux, disent les Novateurs ,
Briser le joug antique, & les fers enchanteurs :
Il faut ensevelir dans leurs demeures sombres
Les êtres infernaux , les fantastiques ombres.
Alors le jeu frappant des grandes passions
Sçaura nous émouvoir par leurs impressions :
On rendra le spectacle un plaisir raisonnable ;
Dans sa forme il aura la beauté convenable.
L'esprit Philosophique ainsi vient l'épurer :
Profitons du Soleil, quand il daigne éclairer...

Beaux Astres, qui brillez dans le *Coin de la Reine* ;
Vos rayons lumineux n'ont qu'une clarté vaine :
Vous jugez dans ce *Coin* la Musique & les vers ;
Dans tous les *Coins* du monde , on juge de travers.
Pour la perfection du Théâtre lirique
Vous demandez, sans doute, une Action tragique ,
Un beau nœud, de l'intrigue , un heureux dénoûment,
Et qu'un grand intérêt marque l'événement.
C'est Mérope, Andromaque , illustres malheureuses,
Qui viendront étaler leurs craintes douloureuses.

L'esprit Philosophique a-t-il bien combiné
Ce spectacle touchant par vous-même ordonné ?
Sans un Récitatif, trop sûr de vous déplaire,
Peut-on peindre l'amour, la haine, la colére ?

Peut-on fans Dialogue offrir le fentiment,
Des incidens divers former l'enchaînement,
Conduire un intérêt qui croît de fcène en fcène,
Et d'une heureufe main couronner Melpomène ?
Le tragique en traçant les grandes Actions,
Fait-il fans ces refforts mouvoir les paffions ?
Et dans fes Opéra tout l'art de Métaftafe,
Dont vos Italiens parlent avec emphafe,
A-t-il d'autres fecrets que l'art de nos Auteurs,
Du célèbre Quinault fçavans imitateurs ?

Quoi ! ce fier Amadis, cette fuperbe Armide,
Ce Rolland furieux, ce Tancrede intrépide,
Ce malhéureux Jephté, dont le bras paternel
Verfa fon propre fang par un vœu folennel ;
Ne vous offrent-ils pas de belles Tragédies,
Sur la fcène Française en tout tems applaudies ?
Si de tels Opéra n'y reparoiffoient plus,
Accufés en ce goût qui les auroit exclus ;
Ce goût Italien qui par vous feuls menace,
Tiran du goût Français, d'en ufurper la place ;
Ce goût, de la nature étouffant la beauté,
En parole, en Mufique, & partout affecté.

Parvenu jufqu'au Thrône avec la fimphonie,
Il peut de fon Rival échauffer le génie,
Et dans un *Concerto* pétillant de fon feu,
De la force harmonique animer tout le jeu.
Voilà fon grand triomphe, & fon plus beau Théâtre,
La Nature pour lui n'eft point une marâtre.
Mais chez nous étranger, d'un œil refpectueux
Qu'il contemple à loifir ce goût majeftueux,

De l'Opéra Français éternel caractère ;
Beauté que par son fard l'Italien altère.
Pour ses *Concerts* la France a paru l'adopter :
Il doit chercher à plaire, & ne pas insulter.

   A ses Héros enfin , sans céder l'avantage,
Sur un Théâtre à part faisons un beau partage ;
Et de ce vin mousseux nous prendrons en passant,
Comme on prend du Champagne en se divertissant.
Nous verrons pétiller le feu de Pergolèse ; *
Mais que du fier Rameau le sublime nous plaise :
De sa tête féconde il semble que Pallas
Sorte encor toute armée , appellant les combats. **
Ses travaux ont vaincu l'hydre de l'ignorance ;
C'est le Héros du siécle , & celui de la France :
Son art doit enchanter le reste des humains ,
Et le sceptre lirique a passé dans ses mains.
Pour illustrer le goût, dont la France est la mère,
Rameau sera Virgile, & Lulli fut Homère :
Mondonville auprès d'eux se lève à l'Opera
Comme un Astre nouveau qui les secondera.

   * Italien renommé pour la musique.
   ** Son CASTOR & POLLUX est une derniére preuve de sa force de tête , & de la sublimité de son génie. Que cet Opéra seul réfute bien le petit Prophéte , & toute la Cabale *Prophétique* ! Poësie, Musique, merveilleux ; tout est beau , tout est sublime.

CHANT

CHANT SECOND.

L'OPERA dans fa marche artiſtement tragique
Admet le Merveilleux, ornement de l'Epique.
Voilà fon caractère, & fa forme le rend
Par ce mélange heureux un Corps tout différent,
Qui n'eſt plus Epopée, & n'eſt point Tragédie.
Quelquefois il defcend juſqu'à la Comédie,
Quand de la Paſtorale il peint les jeux touchans,
C'eſt par le Merveilleux qu'il décore les champs;
Et pour le revêtir d'un brillant caractère,
Les Mortels & les Dieux prêtent leur miniſtère.
Il nâquit de la Fable, & de l'Enchantement;
Voilà fon origine, & c'eſt fon élément.

Pour le tendre Tithon voyez la jeune Aurore *
Annoncer fur fon char le jour qu'elle redore.
Des fons harmonieux la vive expreſſion
Colore la lumière en fa progreſſion;
Le jour femble renaître, & les feux d'une Amante
Rendent pour l'embellir l'Aurore plus charmante.
Mais foudain la vengeance arme des Dieux jaloux;
Eole impétueux déchaine fon courroux,
Et volant à fa voix fur la terre & fur l'onde
Les fougueux Aquilons vont ravager le monde.

---

* Opera nouveau de M. Mondonville. C'eſt une Paſtorale *héroïque*,
& non pas *ruſtique*; bien différente en cela du *Devin de Village*. *Titon*
& *l'Aurore* font d'autres perfonnages que *Colin & Colette*; ces derniers fentent bien le Ronfard.

C

L'Amour s'arme contr'eux ; & sa puissante voix
De la jeune immortelle autorise le choix.
Il descend dans sa gloire ; il rend à la jeunesse
Un Amant qu'enchaînoit le froid de la vieillesse :
Triomphe que la Terre élève jusqu'aux Cieux,
Mêlant dans l'Action les hommes & les Dieux.

    Que de traits pour la Danse , & que de Caractères !
Rameau de ce bel art pénétra les mystères.
Pour orner ses Ballets d'admirables tableaux,
Combien le Merveilleux fournit à ses pinceaux !
Et de l'Opera même on voudroit le proscrire ?
L'Opera n'est-il pas son véritable empire ?
Quel spectacle plus grand que de voir par ses mains
Le feu de Promethée animer les humains ? *
De voir Pygmalion pour couronner sa flâme , **
A son propre travail donner un cœur , une ame ,
Et tous ces mouvemens par la Danse imités
Ne figurer aux yeux que les mêmes beautés ?

    Le Merveilleux lirique intéresse la scène ;
Et c'est pour l'Opera la loi de Melpomène :
Dans le sein de la Fable elle prend ses attraits.
Quinault pour l'en orner y puisa tous ses traits :]
Il a sçu réunir & la force & les graces ;
Français, ne quittons point ses lumineuses traces.
L'Opera dans sa forme est sublime, amusant :
S'il n'est que Tragédie , il deviendra pesant.

---

    * Prologue de l'Opera de *Titon & l'Aurore.*
    ** Chef-d'œuvre de M. Rameau.

Sur le Théâtre enfin Quinault seul doit revivre ;
Il offre un grand exemple à qui pourra le suivre.

Quinault toujours aimable, aisé, plein d'agrément,
Du plus beau coloris a peint le sentiment :
A l'oreille importun nul mot ne deshonore
De ses vers cadencés l'expression sonore.
Avec quelle sagesse il conduit l'Action !
Comme il prête un langage à chaque passion !
Son tour est élégant, son élégance est pure,
Et l'art semble sortir des mains de la Nature.
Quand il peint la vengeance avec l'emportement,
Son lirique devient rapide, véhément ;
Le Merveilleux s'élève ; à son gré le tonnerre
Fait pâlir les enfers, ou fait trembler la terre.

Lulli l'associant à sa sublime ardeur
Du Théâtre Français vint fonder la grandeur.
Sur leurs travaux divins le souffle du génie
A partout répandu l'ame de l'harmonie,
Et s'unissant tous deux par de rares talens,
Rivaux de la Nature, ils furent excellens.
Ah ! que j'aime à les voir sur le bronze durable,
Ou Du Tillet * présente un siécle mémorable,
Éterniser leur gloire, & confondre leurs traits
Parmi ce vaste amas d'héroïques Portraits !

* Homme célèbre & recommandable tant par son mérite personnel,
que par son amour extrême pour la gloire des arts. M. *Fréron*, grand
connoisseur, & zélé citoyen, dit de lui : *simple particulier, c'est l'ami
des Talens ; près du Thrône, il en eût été le Mécène....* Juste & brillant
éloge que toute la France, j'ai presque dit toute l'Europe, ratifie. M.
Titon du Tillet est de toutes les Académies étrangeres, sans compter les
nôtres. Le Parnasse Français exécuté en bronze, & dont il a donné la
description dans un volume, est connu par tout le monde Littéraire :
on peut voir ce qu'il pense sur les deux Musiques, à l'article *Desma-
rets.....*

C ij

Dieux ! quels noms éclatans ont frappé mon oreille !
Quinault avec Lulli ! Racine avec Corneille !
Un si brillant Parnasse a les Arts pour appui :
Comme il est digne d'eux, ils sont dignes de lui.

    ROME aujourd'hui si fiére, autrefois si féconde,
Étoit pour les beaux arts le magasin du monde ;
Et dans son sein éclos tant de trésors divers
En sortoient pour instruire, ou charmer l'Univers,
Toute l'Europe alors puisa dans cette source :
La Musique épanchée en torrent prit sa course.
La France seule osa dès ses premiers essais
Consulter pour le chant l'Idiome Français.
Des sons Italiens les graces étrangéres
Lui parurent d'abord des graces trop légéres :
Il faut aller au cœur, & le Français l'apprit ;
L'Italien souvent ne chante qu'à l'esprit.

    La Musique en effet sût peindre la parole,
Et chaque passion vint y jouer son rôle.
Au langage Lulli conforma notre chant ;
Il en devint plus tendre, il en fût plus touchant ;
La parole n'offroit que la belle nature ;
La Musique fidéle en étoit la peinture.
Lulli, dans ce grand art parût un enchanteur ;
Il en est le modéle, il en fût l'inventeur.

    Pourquoi donc retournant au goût le plus frivole
Veut-on trahir sa gloire, & quitter son école ?
Notre chant modulé par un beau mouvement
Porte sur la nature, & sur le sentiment.
L'Italien jaloux de flatter les oreilles
Étale de son art les confuses merveilles :

Sans caracterifer il veut embellir tout ;
Et fon chant mufical eft un habit fans goût,
Légérement brodé par la main du Caprice ,
Convenable à tout corps , & propre à tout fervice.
    Auffi les Nations adoptérent un Chant
Qui fût fans la parole encor vif & touchant.
L'Italien fur nous aura cet avantage ,
Si c'en eft un ; l'Europe avec lui le partage.
La France a fecoué le joug reçu de tous,
Et nous avons dumoins une Mufique à nous ;
Mufique harmonieufe , expreffive , fublime ,
De qui peut la connoître autorifant l'eftime.
    Voyez l'Italien qui part comme l'éclair
Jouer fur la fillabe & ne peindre qu'en l'air.
Pourvû que dans fa courfe un feu hardi pétille ;
Que d'un Chant bondiffant le cliquetis fautille ;
Il croit de l'art fuprême atteindre la hauteur ,
Et mieux que nous remplir l'ame du fpectateur.
Mais fon vain étalage eft-il une richeffe ?
Ces Points-d'orgue éternels , où brille fon adreffe ;
Ces Cafcades de fons qui ne finiffent point ,
Marquent la bourfouffture , & non pas l'embonpoint.
    Laiffons , diroit Boileau , laiffons à l'Italie
De tous fes faux brillans l'éclatante folie :
Abondance ftérile , ornemens fuperflus ;
Labirinthe , où le goût ne fe retrouve plus.
Le Connoiffeur Français refufe fon hommage
A toutes ces beautés qui ne font point image :
Son œil en admirant l'audace du pinceau
Regrette la nature , & cherche le tableau.

                                    C iij

Il faut du fentiment ; il faut de la penfée :
La Mufique n'eft point une Belle infenfée,
Qui folatrant toujours dans la jeune faifon
Méconnoît la décence, & combat la raifon ;
Ou qui d'ornemens vains chargeant fa tête altiére
Prend un ton de Coquette, & fait la Minaudiére.

Le Ciel Italien dans les cœurs plus ardens
Verfe l'amour lafcif & les feux imprudens :
Là le poignard vengeur arme la jaloufie,
Et fouvent la tendreffe eft une phrénéfie.
L'Efpagnol né fuperbe, ombrageux, arrogant,
Mais foumis en amour, devient extravagant :
Sans avoir vû l'objet pour qui fon cœur foupire
Il s'obftine à mourir fous fon cruel empire ;
Et trouvant de la gloire à de fottes langueurs
Affecte l'efclavage, & vante les rigueurs.

Mais l'Amant d'Albion mélancolique, fombre,
Cherche la folitude, & s'enflame dans l'ombre ;
Il fe laiffe bruler d'un feu fecret & lent :
Ou paffant tout à coup au tranfport violent,
La vengeance à la main, tiran de la tendreffe,
Va s'ouvrir, & percer le cœur d'une Maitreffe.
Le Français né galant poffède l'art d'aimer,
Et tout objet aimable a droit de l'enflamer :
Heureux, fi donnant moins à fon humeur volage
Il n'immoloit fouvent l'amour au badinage ?

La nature a marqué par mille traits divers
Les mœurs des Nations qui peuplent l'Univers.
C'eft donc bien vainement que le chant d'Italie
Malgré ces traits divers à tout climat s'allie ;

Si le chant muſical doit exprimer les mœurs
Et peindre du climat les goûts & les humeurs.
On aime en tout pays ; mais la façon différe :
Il en faut conſerver le propre caraċtére.
Ainſi la raiſon parle , ainſi juge le goût ;
Hélas ! l'Italien veut dénaturer tout.

Quand la Muſique marche avec la Poëſie
Elle doit ſe prêter au joug qui l'aſſocie.
Si l'une offrant des mœurs le fidéle miroir
A pris l'air du pais , & le goût du terroir ;
Que l'autre en contraſtant avec ce caraċtére
N'aille pas introduire une pompe étrangére.
Sur le Tage l'amour languit reſpeċtueux ;
Aux rivages du Tibre il naît impétueux :
Sur la Tamiſe il prend un flegme atrabilaire ,
Mais aux bords de la Seine il n'eſt fait que pour plaire.
L'harmonieux pinceau , propre à chaque Canton ,
Doit comme la nature en varier le ton ;
Et le chant d'Italie , où l'amour eſt tout autre ,
Auſſi peu que le Turc , doit paſſer dans le nôtre.

Ah ! ſi comme autrefois la victoire à ſon char
Nous avoit enchaînés par le bras de Céſar :
Si par elle aſſervis dans un triſte eſclavage
Nous avions pris ſes loix , & juſqu'à ſon langage ;
Peut-être que le joug humiliant nos cœurs ,
Notre goût fléchiroit au gré de nos vainqueurs ,
Et s'élançant comme eux à travers l'harmonie
On pouroit imiter leurs écarts de génie.
Mais la France aux Romains ne tient que par la Foi ,
Et Rome à l'Opéra n'impoſe point la loi ;

Nous pouvons, arborant l'étendart fchifmatique,
En matiére de goût la traiter d'hérétique.

    Toutefois de fon foufle elle peut allumer
Le feu d'un Madrigal tout prêt à s'enflamer,
Où la pointe domine, où regne l'épigrame,
Et dont l'impreffion ne paffe point à l'ame.
Ces mòrceaux d'étalage ont befoin d'ornement :
Il y faut de l'efprit, & non du fentiment.
Par-là Rameau fait plaire, & l'heureux Mondonville
Fait aimer l'Ariette à la Cour, à la Ville.

    Peintre des paffions, que Lulli fentit bien
Tout le défaut d'un chant qui ne portoit fur rien,
Quand Quinaut échauffé dans fa verve applaudie
Offrit à fes crayons une fcène hardie !
Pour peindre les fureurs, les amours & les ris,
Il chercha dans fon art un nouveau coloris,
Qui fût en imitant celui de la nature
Nous en montrer partout l'agréable peinture.
Il le trouva fans doute ; on doit à fon fuccès
Ce fublime, où bientôt parvint le goût Français.

    Marchons à la clarté qui part de ce grand homme,
Et ne regrettons point les feux follets de Rome.
Eftimons notre goût, fans mépris pour le leur,
Non comme goût Français, mais comme le meilleur.
Point de goûts exclufifs au tribunal du Sage ;
Il connoît leur mérite, il marque leur ufage,
Et fon difcernement fans partialité
Trouve encore à choifir aux traits de la beauté.
Dans les Compofiteurs, enfans de l'harmonie,
Il obferve la grace, ou le feu du génie ;

Et louant de Mouret le chant mélodieux
Admire dans Lulli la Mufique des Dieux.

Rameau vint pour nous plaire en varier les charmes ,
Et fes fameux Ballets font d'invincibles armes ,
Devant qui fes rivaux ne peuvent que fléchir.
L'art montroit un abime ; il a fû le franchir ,
Quand par des tons brillans , dans fon heureufe audace,
Du goût , fans l'altérer , il ranima la grace.
Quel art pouroit encore accroître la beauté
D'un chant par ce grand Maître au fublime porté ?

Puiffe à jamais ce goût , formé fur la nature ,
D'un rival féduifant ignorer l'impofture ,
En confondre le fafte , en dédaigner l'excès ,
Et femblable à lui-même être toujours Français !
Qu'il répande partout fon influence aimable :
Tout en doit reffentir le charme inexprimable.
Il rend les arts plus beaux , les plaifirs plus brillans :
En un mot c'eft la vie & l'ame des talens.

France , du monde entier veux-tu fixer l'hommage ?
Fixe le goût qui regne , & ne fois point volage.
Ce goût peut contenter les plus vaftes defirs ;
Il fuffit à la gloire , il fuffit aux plaifirs.
Le Théâtre nous parle un langue divine :
Eft-il rien au-deffus de Corneille , & Racine ?

Ce goût qui dans les arts fut partout répandu ,
Pour la feule Mufique eut-il été perdu ?
Et quand tous recevoient cette ame univerfelle ,
N'en auroit-elle pris que la moindre étincelle ?
France , quelle injuftice à nous de le penfer ?
Le doute fur ce point ne peut que t'offenfer.

Ton Quinault, ton Lulli, pour enchanter l'oreille ;
N'offrent-ils pas ensemble une double merveille ?
Leur génie immortel, leur esprit créateur
Pour toi seule a produit un spectacle enchanteur.
Il n'appartient qu'à toi, dans leur talent suprême,
D'en sentir la puissance, & les juger toi-même.
Envain l'Europe entiére élevera sa voix :
Seule tu peux sans doute en balancer le poids.
Conserve pour tous deux un amour idolâtre ;
Voilà les Dieux du goût, les maîtres du Théâtre.

CHANT TROISIE'ME.

Près de tels Héros, illustres fondateurs ;
On ne reconnoît point d'autres Légistateurs.
On peut voir à leurs pieds ramper dans la poussière
De vils persécuteurs une troupe grossière :
Contr'eux le gout Français n'a pas besoin d'appui ;
C'est le deshonorer que de craindre pour lui.
Le Soleil au-dessus des vapeurs de la terre
Brille, acheve sa course, & dédaigne leur guerre.
Le goût n'a qu'à paroître enfin, pour triompher
De ces noirs tourbillons qui pensent l'étouffer.
Plus beau que le Phénix il renaît de sa cendre :
Que sert de l'attaquer ? Que sert de le défendre ?
　　Un Sage vit un fou nier le mouvement ;
Au lieu de lui repondre, il marcha seulement.
Sans se déconcerter, le fou plein d'arrogance
S'en retourna content de son extravagance,

Affecta de paroître en tout original ,
Et cita l'Univers devant son tribunal.
Se consolant dumoins par son propre suffrage ,
Dans la Philosophie il puisa du courage ;
Et bravant le Public qui lui tourna le dos
Vécut en Philosophe , & mourut en Héros.

Laissons tous ses pareils avec persévérance
Nier le chant Français , & prêcher l'ignorance.
Leur contraste avec nous peut réjouir les yeux,
Et la scène du monde en intéresse mieux.
A quoi nous serviroit un courage héroïque ?
Peut-on vaincre jamais l'orgueil Philosophique ?
Il se fait des remparts , & des armes de tout :
Hercule avec son bras n'en viendroit point à bout.

Je sçai qu'en épargnant des Mortels inflexibles,
On leur laisse le droit de se croire invincibles.
Mais malgré leur triomphe un mépris généreux
Témoigne hautement qu'ils sont peu dangereux.
En immolant sa gloire à la fureur d'écrire,
On peut les foudroyer ; mais le mieux , c'est d'en rire.
Démocrite jadis rioit de leurs travers ,
Et laissoit Diogène insulter l'Univers.

L'Italie après tout peut garder son Théâtre,
Sa Langue , sa Musique , avec son goût folâtre.
Notre goût nous suffit : il a nos attributs ,
Prend notre caractère , & souffre nos abus.
Il nous plaît ; ce bonheur lui tient lieu de mérite :
Notre Musique enfin sera la favorite.
O combien d'argumens par un mot renversés !
Les monts Thessaliens l'un sur l'autre entassés

Sous les pas des Géans hériſſoient moins la terre.
Le ciel les confondit d'un ſeul coup de tonnerre.

Mais, dit un Raiſonneur ; * quel chant pour le vanter !
Il n'exiſta jamais, & ne peut exiſter.
La rauque dureté du Français idiome
Ne réaliſe point ce qui n'eſt qu'un phantome.
Sans douceur, ſans moleſſe, & ſans expreſſion ;
Par le tour vicieux de ſa conſtruction,
La Langue n'admet point les beautés muſicales.
Tout ce bruit importun de ſiIlabes naſales,
De tant de mots peſans le concours odieux
La rend inacceſſible au chant mélodieux.
Mais de l'Italien la légére élégance
Prépare à l'harmonie une heureuſe cadence :
Les mots en ſont flatteurs, agréables, ouverts ;
Il en doit naître un chant qui charme l'univers . . .

Cenſeur as-tu fini ta harangue éternelle ?
Eh ! pourquoi décrier ma Langue maternelle ?
Elle eſt chère à la France, elle eſt belle à ſes yeux :
Vient-elle orner les vers ? C'eſt la Langue des Dieux.
Je ne trouve à nulle autre une douceur pareille ;
Elle enchante mon cœur en flattant mon oreille.
Paſſant de la tendreſſe à la noble fierté,
Elle prend ſur le Thrône un air de majeſté.
Tantôt fière trompette elle annonce la guerre ;
Tantôt ſimple muſette, elle calme la terre.
Elle chante les Dieux, les Héros, & les Rois ;
De la paix à l'Europe elle impoſe les loix.

* L'Auteur de la Lettre ſur la Muſique Françoiſe : c'eſt lui qu'on va combattre dans les trois derniers Chants.

C'est la Langue du monde ; & son brillant usage
Illustre dans les Cours l'éloquence du sage.
Son heureux coloris peint nos affections ,
Et l'art lui fait parler toutes les passions.

Racine , Despréaux , de qui la main fidéle
Sût embellir encor sa grace naturelle ,
Vos chants dont aujourd'hui l'éclat n'est plus douteux
La vengeront assez d'un reproche honteux.
Et toi , qui t'élançois par le feu du génie ,
Admirable Rousseau , vrai fils de l'harmonie ;
Toi Quinault , que je mêle à des noms si fameux ;
Vos travaux immortels la vengeront comme eux...

Pour faire son éloge , il suffit qu'on la nomme.
L'Espagnol parle à Dieu ; le Français parle à l'homme.
On réserve aux amours l'Italien flatteur :
D'un Style efféminé c'est l'emploi séducteur.

De ma Langue en effet j'aime le pathétique ;
Je sçai l'apprécier sans la Dialectique.
Sitôt qu'elle me plaît , pourquoi la comparer ?
Est-ce avec le compas qu'il faut la mesurer ?
Son caractère est tendre , harmonieux , sublime ;
Avec grace il reçoit l'ornement de la rime.
A quoi sert le calcul , ou la comparaison ?
J'en crois le sentiment , & non pas la raison.
Voilà de mon plaisir & la source , & le gage :
Que m'importe que Rome ait un autre langage ,
Plus sonore , plus souple , & plus maître de soi ?
Il sera beau pour Rome : il ne l'est pas pour moi.
Quand mon œil enchanté sur nos rives fleuries ,
Jouit du grand spectacle offert aux Thuilleries ;

Sombre calculateur de moi-même tiran,
Vais-je alors regretter les tours du Vatican ?

Au bruit du chant Français la nature s'éveille,
Et l'ame le saifit dès qu'il frappe l'oreille.
Sillabe longue ou brève, en marchant fous fa loi,
Tout devient harmonie & cadence pour moi ;
Si par un art favant le fortuné Poëte,
Pour me le faire entendre eft fon digne interprête,
Et fi dans fes tranfports l'adroit Compofiteur
Sçait peindre la parole, & l'efprit de l'Auteur.
L'art de fcander les mots d'abord fe fait connoître :
L'expreffion fuivra ; mais il faut un grand maître.
Qu'un vain Déclamateur en critique les fons ;
La France aura toujours d'agréables *Chanfons.* *
Son langage fournit aux amans, aux amantes
Des traits voluptueux, & des fcènes charmantes.

Mais pourfuivons du goût le mordant oppreffeur :
De tout tems la cenfure eût droit fur un Cenfeur.
Tu me pardonneras, France, fi dans mon ftile
Il coule un peu du fiel que fa plume diftille :
De ce poifon fatal comment fe préferver,
Quand de flots d'amertume on le voit s'abreuver ?

Parcourant des accords le vafte labirinte,
Il parle du Triton, & de la Fauffe-quinte,

---

* C'eft ainfi que *Jean Jacques* traite l'art Mufic3al dans fon Avertiffe-
ment, vrai petit chef-d'œuvre de Philofophie, c'eft-à-dire, d'extravagance. Je ne crois pas que le nom de *Chanfons* qui convient fort au
Devin de Village, puiffe convenir à l'Opera de *Caftor & Pollux.* Ce ne
font pas là des *Chanfons*, mais des morceaux frappés au coin du génie,
des chœurs de la plus grande force ; enfin du vrai tragique mufic1al :
c'eft-là peut-être plus que du *Lulli*, du *Campra* ; mais ce n'eft pas
pour cela du *Jean Jacques.*

Pour affigner l'emploi qui leur convient le mieux.
De tels mots au Lecteur font ouvrir de grands yeux :
Mais il n'eft petit Chantre , & fi mince *Copifte*
Qui n'en ait dans fa tête introduit une lifte.
Moi qui graces au Ciel connois bien l'Oripeau ,
Sans vouloir m'agréger au mufical troupeau ,
Je favois quels refforts ménagés du génie
Produifoient la piquante ou la fade harmonie ;
Par quel enchainement de tons bien modulés ,
Pour mieux peindre du cœur les tourmens rappellés ,
Un brillant Monologue avoit l'art de nous plaire.
Mais je ne favois pas que Lulli n'en pût faire ;
Que dans celui d'Armide aulieu d'émotion ,
Il ne dût exciter que la compaffion ,
Et qu'un peuple éclairé qu'il ravit , qu'il enflame ,
Eut tort de le fentir , quand il affecte l'ame.

J'ignorois que Lulli , lorfque de fon cerveau
Il fit fortir pour nous ce miracle nouveau ,
Dût efclave de l'art toucher plus d'une Chorde ;
Qu'à ce crime il fallût crier *miféricorde* !
J'ignorois que dans l'art cette fimplicité
Ne fût pas le prodige , & ne fit pas beauté ;
Qu'elle ne marquât pas une tête féconde ,
Qui fur un feul pivot fait tourner tout un monde...

Cenfeur , donne toi-même , ou produis à nos yeux
Chez les Italiens qui te femblent des Dieux ,
De ces morceaux frappés au coin de la nature ,
Pleins de leur propre fuc , & forts de nouriture.

Pourquoi les Ports-de voix non fans grace élancés ,
Et les martellemens , & les fons cadencés ,

Se verroient-ils proscrits d'une scéne touchante ?
C'est par eux dans nos bois que Philoméle enchante :
Son gosier langoureux nous dicte des leçons.
Ah ! Ciel ! Comme elle file , & cadence les sons !
Comme dans sa douleur à nous plaire attentive
Elle attendrit , déploye , enfle sa voix plaintive !
Écoutons près de nous soupirer deux amans :
Leur transport nous saisit ; quels entretiens charmans !
Dieux ! Que d'expression ! Jusque dans leur silence ,
Tout marque de l'amour l'heureuse violence.

　　O ! grand homme ! O ! Lulli , peintre des passions,
Que tu rends bien du cœur ces agitations ,
Ces retours , ces transpors d'un amour qu'on offense ;
Mais qui prend du coupable en effet la défense !
C'est ici que le Sage , appui du mouvement ,
Pour réfuter le fou , doit marcher seulement.
A de pareils Censeurs que pouroit-on répondre ?
Il suffit de chanter Lulli pour les confondre.
Tous ces Combinateurs , cervelles que Dieu fit ,
Ont la *lettre* de l'art , mais n'en ont point *l'esprit* ;
Et lorsqu'un grand génie abandonne la régle ,
Ils le disent Colombe au moment qu'il est Aigle.

　　Quand la reverrons nous cette Armide en fureur
Émouvoir tour à tour la pitié , la terreur ,
Par un amour tragique intéresser nos ames ,
Et transmettre à nos cœurs ses dévorantes flâmes ?
Siecle heureux de Louis , rappelle-nous ces chans
Brillans & naturels , sublimes & touchans :
Les arts portoient alors la plus auguste marque ;
Tout prenoit sa grandeur dans celle du Monarque.

Nous

Nous la voyons paroître en son digne héritier ;
Dans cet autre lui-même il revit tout entier :
D'ouvient qu'accoutumés aux Lullis , aux Corneilles
Nous ne revoyons plus ces pompeuses merveilles ?
Manqueroit-on de goût pour les exécuter ?
Manqueroit-on de voix pour les représenter ?
On n'y chantoit qu'à l'ame ; il faut de l'énergie ;
L'Acteur de ce bel art n'a-t-il plus la magie ?
Français, nous possédons un Orchestre excellent ;
Mais voit-on dans l'Actrice un sublime talent ? *

　Cependant mon Rival, Sénéque atrabilaire ,
Nous dicte avec orgueil des leçons pour *nous plaire.*
Sa critique triomphe à l'accompagnement ;
C'est de l'art musical le plus bel ornement.
Il y faut consulter ce qui sonne à l'oreille :
Sa leçon sur ce point n'est pas une merveille.
Mais par des argumens qu'il donne pour vainqueurs
Il veut fronder la Fugue , & proscrire les Chœurs.
On voit bien que chez lui la raison qui l'emporte ,
C'est que l'Italien n'en fait point de la sorte.
Dans l'accompagnement il nous condamne aussi ;
Pourquoi ? L'Italien ne s'y prend point ainsi.
Récitatif Français , vous auriez son hommage ;
Si celui d'Italie eût été votre image.

* L'Opera d'*Armide* bien représenté seroit la meilleure réfutation de tous les *Jean Jacques* du monde. Mais à son défaut l'Opera de *Castor & Pollux* qui produit tant d'effet , peut les confondre. Quelle Poësie ! Quelle Musique ! Faudroit-il d'autre réponse ; à celui qui nie *l'existence* de la Poësie & de la Musique Française , s'il avoit une ame pour sentir , un esprit pour juger ; & des *oreilles pour entendre* ? C'est l'existence de ces choses là chez lui qu'on peut nier ; après toutes les preuves qu'il donne de leur *inexistence* : mais en France nous sommes polis , & nous croyons qu'il les a , parce qu'il doit les avoir.

D

Chez nous le naturel devient plat à fes yeux ;
Mais s'il étoit de Rome il defcendroit des Cieux.
Les Romains à fon temple ont des droits légitimes ;
Partout ils font les Dieux , nous partout les victimes.

    Mais après le Critique examinons l'Auteur ;
Car quoique Philofophe , il eft Compofiteur.
Ce Devin de Village avec fes Chanfonnettes
Qu'eft-il près de Lulli , qu'un ramas de Sornettes ?
Par quelques traits de Rome il a l'air impofant :
Il veut paroître beau ; mais il n'eft qu'amufant.
J'y vois toujours l'efprit , & jamais le génie :
L'Auteur ignore-t-il le vrai de l'harmonie ?
A chaque pas on trouve erreur ou contrefens :
C'eft ici l'art qui péche , & plus loin c'eft le fens.

    Quand le tendre Colin vient d'une voix légère
Nous dire en fautillant autour de fa bergère ;
Que l'art d'aimer & plaire eft le fouverain bien ;
Que quand on le poffède on n'a befoin de rien ;
Par les *hoquets* fréquens qu'alors il lui fait faire
Lui-même penfe-t'il nous charmer & nous plaire ?
A-t-il le gracieux le naturel d'un chant ,
Que le goût devoit rendre uni , fimple , touchant ,
Refpirant l'innocence , & la douceur champêtre ;
Tel qu'un Français l'eût fait ; tel enfin qu'il doit être ?
L'heureux Colin fe moque en frédonnant ainfi ;
Un parfait Petit-Maître eut-il mieux réuffi ?
Dans ce tour la raifon ne voit qu'un perfifflage ,
Dont un fimple berger doit ignorer l'ufage.

    Mais foudain , par des bonds légérement parti ,
Il entonne un chant grave avec l'air d'un Mufti ;

Et fa voix pour marquer les *Seigneurs d'importance*
S'éleve pefamment au haut de *leur puiffance* :
Contrafte ridicule, où loin du goût Français
L'art manque la nature, & touche aux deux excès.
A des fautillemens la pefanteur s'allie ;
Ces bifares tableaux amufent l'Italie :
Peut-être plairoient-ils dans l'accompagnement ;
Un pareil badinage eft fait pour l'inftrument.

Auffi ce grand *Devin*, qui fe croit un génie,
Donne-t-il pour du chant des airs de fimphonie,
Non fans art copiés chez les Italiens.
Faut-il être furpris s'il a d'étrois liens
Avec des bienfaiteurs qui le comblent de gloire ?
Par intérêt fans doute il leur doit la victoire :
Ce n'eft point un ingrat en défendant leur goût ;
Il paye ainfi fa gloire & s'acquitte de tout.
En fa place, il eft vrai, j'aurois craint de paroître ;
Mais il eft Philofophe ou du moins il croit l'être.

Qu'il admire, qu'il venge, & qu'il prône encor
    mieux
Ses chers Italiens qu'il donne pour des Dieux :
Je ne m'oppofe point à fa reconnoiffance,
Et c'eft une vertu dont je fens la puiffance.
France, lorfque ma voix foutient ton goût parfait,
N'eft-ce pas pour payer le plaifir qu'il m'a fait ?
Mais mon zéle fe borne à peindre ta victoire,
Et je n'ai que l'honneur de connoître ta gloire :
Tandis que mon Rival, admirable écrivain,
Dès flancs de l'Italie arrache fon *Devin* ;
Laiffant à cet enfant pour pères, pour ancêtres

                 D ij

Ceux que sa vanité nous impose pour maîtres. *

A la faveur du nom qu'il en a recueilli
Tranquille il prend sa place au-dessus de Lulli.
A ses regards Rameau n'offre d'autre mérite
Que d'avoir tout gâté par sa verve maudite :
Ses accompagnemens sont au feu réservés ;
Et toute sa musique est pour les Réprouvés.
Mondonville , Campra n'ont rien qu'il ne dédaigne ;
Mais Galuppi triomphe , & Pergolése régne :
Les Terradéglias lui ravissent les sens ;
C'est à ces noms fameux qu'il prodigue l'encens.
Admirateur de Rome , il n'a d'yeux que pour elle ;
Et toujours sur ce ton soutenant la querelle ,
Nos beautés en défauts se changent dans ses mains :
Il érige en vertus les vices des Romains.

On dit à ce propos , pour combler sa disgrace ,
Que Pégase indigné de le voir au Parnasse ,
Lâchant une ruade , a gravé sur son front
Le caractére empreint d'un immortel affront :
Et qu'au bruit accourus deux vigoureux Satires ,
Qui du petit Prophéte avoient lû les délires ,
De la jeunesse enfin corrigeant le défaut ,
L'ont renvoyé chez lui fustigé comme il faut.

Alors tout le Parti de se plaindre , & d'écrire :
On s'en moque au Parnasse , & chacun peut en rire.

---

* *Jean-Jacques* avoit jadis habillé ses *Mufes galantes* de lambeaux ,
& même de Robes toutes entiéres d'Italie. On peut juger de sa charla-
tanerie en Mûsique , par celle qui saute aux yeux dans sa lettre paradoxale , surtout pour ce qui regarde *l'unité d'harmonie* : elle n'est ornée
que des découvertes d'autrui qu'il s'attribue avec sa *franchise ordinaire*.
En Lettre , en Musique il est partout le même : cet homme là ne se dé-
ment jamais.

CHANT QUATRIE'ME.

Pour forcer l'ennemi dans son retranchement,
Armons la raison même avec le sentiment ;
Et par l'éclat du jour dessillant sa paupière
Offrons à ses regards de grands traits de lumière.
Peut-être verra-t-il que notre goût Français
N'avoit pas mérité ses coupables excès ;
Qu'il auroit dû prévoir que le ton despotique
Seroit l'écueil fatal de sa Dialectique ;
Que pour bâtir le *mieux* on renverse le *bien* ;
Qu'en voulant trop prouver, on ne prouve plus rien ;
Et qu'enfin échappant aux fureurs des sistêmes,
La vérité jamais n'habite les extrêmes.
Le vrai, source du beau, tient un juste milieu ;
Voilà le sanctuaire où réside ce Dieu.
Un beau Récitatif d'une mâle énergie
Avec le corps lirique a plus d'analogie :
Il en soutient le ton par son propre agrément,
Et d'une scène à l'autre orne l'enchaînement.
L'art dans un Opera veut montrer sa puissance ;
Tout s'y doit ressentir de sa magnificence :
Le Dialogue enfin qui sert de liaison,
S'il ne répond au reste, offense la raison.
L'Italien déclame en suivant la nature ;
Voilà le vrai, dit-on ... Quoi ! dans l'architecture,

Pour former un Palais non fans art combiné,
Ne faut-il pas un plan bien proportionné ;
Qu'un veftibule vafte en fa forme prefcrite
Annonce la grandeur du maître qui l'habite ;
Qu'il offre pour monter dans les fallons divers
Des paffages heureux , commodément ouverts ;
Et qu'aux appartemens dignes de nos Feéries,
On trouve pour paffer de belles galeries ?

 Tel eft tout l'édifice , & le corps mufical :
Même proportion , plan pareil , ordre égal.
Son caractère propre y doit partout paraître ;
Jufqu'au Récitatif tout le fait reconnaître.
N'eft-ce pas un paffage avec fon ornement ,
Qui conduit , & répond à quelque appartement ?
Faut-il donc qu'il rebute , & que fon goût mauffade
N'ait rien qui du Palais foutienne la façade ?
Et par des fouterrains fombres , faftidieux ,
Convient-il d'arriver dans l'Olympe des Dieux ?

 Defavouons un goût fi bifarre & ruftique ;
Ce feroit allier le vil au magnifique.
L'efprit s'indigneroit juftement révolté ,
Quand d'une fcène à l'autre il paffe tranfporté.
Dans un beau labirinthe il faut qu'on le promène ;
Mais fans perdre en chemin le fil de Melpomène.
Il fouffrira toujours quand le chant mêlera
La fimple Tragédie au brillant Opera.

 En faveur des Français , goût , raifon , tout pro-
nonce ;
Et le chant foutenu par lui-même s'annonce.

Le fiftême lyrique une fois établi,
Chez nous feuls l'Opéra fait un genre accompli.
A ce corps rien ne manque, & toutes fes parties
Par Quinault & Lulli brillèrent afforties.
Dialogue expreffif, Monologue touchant ;
Duo, Trio, grand Chœur, tout refpire le chant.

C'eft un peuple chantant que la fcène propofe ;
L'illufion nous charme, alors qu'on le fuppofe.
Elle difparoîtroit, fi ce peuple inconftant
Etoit par intervalle ou parlant, ou chantant.
Il doit chanter toujours : fa langue eft la Mufique :
En un mot fans le chant, plus de genre lirique.

Qu'une voix feule éclate, ou plufieurs à la fois,
C'eft là fon privilège ; il ufe de fes droits.
Par leur immenfité, les grands Chœurs font image,
Le peuple dans le temple offre ainfi fon homage,
Ou préfente à des Rois fes acclamations,
Ou bien murmure ainfi dans les féditions.
Les vents tumultueux déchaînés fur la terre ;
Dans un champ de bataille un bruit confus de guerre,
Fourniffent des fujets au grand art d'imiter,
Qui doit peindre à l'oreille & tout repréfenter.

La Nature fertile en excellens modéles
Se reconnaît toujours à des tableaux fidéles.
Quand les vents en fureur mugiffent à la fois,
Ou qu'un peuple s'écrie ; ont-ils la même voix ?
Eft-ce le même ton ? partent-ils tous enfemble ?
Qu'un inftant les fépare, un autre les raffemble.

Tout ce concours de voix, plein de variété,
Dans nos Chœurs par la Fugue eft donc bien imité.

D iv

On arrive, on se mêle, on s'avance, on recule;
Et ce bruit de combats n'a rien de ridicule.
Il a l'air naturel : c'est l'image des flots
Qui joignent leur tumulte aux cris des matelots.

    Dieux ! que de majesté ! quel effet en résulte ! ✱
Voilà pourtant ces Chœurs que la critique insulte !
Ils ont l'air imposant, dit-elle avec mépris ;
C'est du bruit ; le vulgaire en paraîtra surpris :
Ouvrage de pédant, goût massif, & postiche,
Par qui l'Auteur ressemble au *faiseur d'Acrostiche* !
Les verra-t-on long-tems remplir les Opéra ?
Ils charment l'insensé ; mais le sage en rira :
L'art ne les puisa point au sein de la Nature...

    O ! Discoureur frivole, & fait pour l'imposture !
Quoi donc ! n'entens-tu pas sur le bord des ruisseaux
Ce doux gazouillement, ce concert des oiseaux,
Que la Nature entière au printems renouvelle ?
N'offrent-ils pas d'un Chœur l'image la plus belle ?
Vois les combattre ensemble à qui chante le mieux ;
Est-il rien de plus beau, de plus harmonieux ?
Vois les séparément, quand d'amoureuses flâmes
D'une volupté pure ont pénétré leurs ames,
Exhaler à l'envi le feu du sentiment,
Dans un vrai Dialogue exprimer leur tourment,
Soupirer tour à tour, se parler, se répondre,
Redoubler leurs accens, & souvent les confondre.

✱ Il suffit d'entendre les Chœurs de *Castor & Pollux*, pour se con-
vaincre du grand effet que l'art produit par eux. Il faut avouer que M.
Rameau mérite bien de passer pour un *faiseur d'Acrostiches*. Jean-Jacques ne nous donnera jamais de ces sottises là : mais les Chœurs ne font-
ils pas pour lui comme les Raisins que le Renard ne pouvoit atteindre ?
Ils sont trop verts, dit-il, & bons pour les Goujats.

Dans de si doux transports deux oiseaux amoureux
Disent qu'ils sont constans, disent qu'ils sont heureux.

Un Rival survient-il ? la voix qu'il fait entendre
Envain veut interrompre un entretien si tendre.
On s'allarme, on dispute ; & réunis tous trois
Ils chantent la vengeance en soutenant leurs droits.
Le bruit cesse ; & soudain l'aimable Philomèle
Fait briller de sa voix la douceur naturelle,
Observe la cadence, & suit le mouvement :
Un Zéphir, un ruisseau sert d'accompagnement,
L'Ariette sçavante, & le beau Monologue
Sont réservés pour elle après le Dialogue.
Un bois sert de Théâtre ; & la clarté du jour,
L'ombrage, tout fournit des scènes à l'amour.
Les troupeaux bondissans, & les jeunes Bergères
Figurent leurs plaisirs par des Danses légères.
Du Français Opéra quel tableau plus parfait !
En est-il le modèle ? En est-il le portrait ?

Mais laissons dans les bois cet Opéra champêtre,
Que le nôtre embellit ; & surpasse peut-être.
Regardons ce plaisir dans chaque Nation
Comme un plaisir d'usage & de convention.
Que notre goût Français à tout autre contraire,
Soit aux yeux de l'Europe un phantome arbitraire ;
Que nos Opéra même en soient des monstres nés :
Ces Chœurs si beaux, si grands, & si bien dessinés,
Où la Fugue s'élève en partant du génie,
Sont-ils moins des morceaux, chef-d'œuvres d'harmonie ?

Doit-on leur préférer ces petits tourbillons,
Qui volent au hasard comme des papillons ;

Ces vains Colifichets , délices d'Italie ,
Avortons du caprice , & jeux de la folie ;
Petards entortillés de mille roulemens ,
Moins propres pour la voix que pour les inftrumens ,
Qu'à tout propos l'Acteur vous *tire de fa poche* ;
Et que par traits faillans fon gofier vous décoche ?
Aimez-vous l'Ariette ? *On en a mis partout* :
Pour un palais Romain c'eft un friand ragoût.

 Auffi de ces morceaux qu'à grands frais on recueille
L'Actrice Italienne orne fon porte-feuille.
De cette prétintaille un ramas excellent
Affure fa fortune & prouve fon talent.
C'eft une *Virtuofe* alors ; c'eft un oracle :
On fe jette par terre , & l'on crie au miracle.
Dans toute l'Italie auffitôt de courir :
Ah ! fans voir la *Dona* peut-on vivre ou mourir ?
Car en tout les Romains ont la fougue exceffive :
Ils ont reçu du ciel une ame convulfive....
O ! Mufique adorable ! O ! celefte gofier !
On n'en parlera plus que pour s'extafier.

 Si les vers par hafard font du grand Métaftafe ,
(Car le nom fait toujours la moitié de l'extafe ;)
Et fi pour les orner dans un caprice heureux
Le divin Pergolèfe a gambadé fur eux ;
On n'y peut plus tenir , tant nos têtes font folles
Du chant de l'Ariette , ainfi que des paroles !
Au terreftre féjour chacun fait fes adieux ;
Chacun croit arriver à l'Opera des Dieux. . .
O ! toi , qui de nos Chœurs dédaignes le gothique ,
Puiffes-tu de ces Airs goûter le pathétique ,

De l'Opéra de Rome ils font tout le fuccès :
Mais quel rang tiendroient-ils à l'Opéra Français ?
N'a-t-il que leur fecret pour enchanter l'oreille ?
Ne va-t-il pas toujours de merveille en merveille ?
Sans agrément, fans Danfe, & fans variété,
L'un offre tout l'ennui de l'uniformité :
Mais par le merveilleux qui dans l'autre domine,
Chaque Acte a fes plaifirs qu'un coup d'éclat termine.
Le Romain n'a point d'ame ; il n'eft point foutenu :
Otez lui l'Ariette, il reftera tout nu ;
Et malgré l'intérêt d'une fcène hardie,
D'Opéra qu'il doit-être, il devient Tragédie.
Le froid Récitatif des Romains adopté
N'eft que leur ton mauffade au Théâtre emprunté.
Le nôtre déclamant fur un ton pathétique
Entretient la chaleur du fpectacle lirique ;
Et mêlant plus de grace à plus d'expreffion,
Intéreffant lui-même, échauffe l'action.

 Mais on veut l'unité de la fimple harmonie :
De l'Opéra Français cette vertu bannie
Dans l'Opéra Romain produit un grand effet ;
Et plus l'enfemble eft un, plus l'ouvrage eft parfait...
Sans doute, l'Opéra qui n'eft que Tragédie
Veut la fimplicité juftement applaudie :
Mais le grand Opéra de prodiges rempli
Ne peut faire avec elle un tout bien accompli.
Comme il frappe les yeux d'un amas de merveilles,
Il doit également en frapper les oreilles.
 C'eft un monftre de l'art que l'on critiquera ;
Mais s'il ceffe de l'être, il n'eft plus Opéra.

Toutefois l'unité regne dans ses parties ;
Quand par la main d'un maître elles sont assorties ;
Et lorsqu'en se frappant les sensibles accords
Pour concourir au but s'arrangent tous en corps ;
Que successivement, ou bien marchant ensemble ;
Ce bataillon sonore à l'Océan ressemble,
Dont le mugissement par tant de flots produit
Fait un même tumulte, & ne forme qu'un bruit.

Que le corps Musical, ouvrage du génie,
Soit plus ou moins chargé du poids de l'harmonie ;
Pourvû que dans sa marche il remplisse l'objet ;
Qu'il n'ait rien d'étranger, de contraire au sujet ;
Que m'importe que l'art surpasse mon attente ?
A mes regards sa pompe en est plus éclatante.
Si traînant moins d'accords il frappe mieux au but ;
L'accompagnement simple en sera l'attribut.
Au joug de la raison, quel Français se refuse ?
Aimons-nous la Musique & baroque & confuse ?
Dèslors qu'elle s'égare, on voit dans son écart
La faute de l'artiste & non celle de l'art.
En France nous voulons un jour que rien n'altère ;
Et la clarté partout fait notre caractère.

Lulli n'offre-t-il pas cette heureuse clarté ?
Hélas ! son plus grand crime est la simplicité !
Pour un crime si grand la critique l'immole :
La France l'idolâtre ; on attaque l'idole.
On se fait de l'abbatre un ridicule jeu ;
Et désignant Rameau qu'on épargne aussi peu ;
On change de principe, & contraire à soi-même
On renonce, pour mordre, à son propre sistême.

L'un eft fimple, il déplaît; c'eft un trifte Plein-chant;
Lautre avec plus d'éclat n'a rien de plus touchant.
Mais tous deux aux regards d'un cinique adverfaire
Ne déplairoient pas tant, s'ils favoient moins nous
   plaire.
 Peut-être par l'abus des contrariétés
Fait-il l'éloge adroit de ces hommes vantés ?
Car dans tout le tiffu d'un difcours téméraire
La vérité fe trouve en prenant le contraire.
Ne vous étonnés pas, grand Orcheftre Français,
Qu'aux *traiteaux de Guinguette* il borne vos fuccès.
Par un trait de fatire on croiroit qu'il vous fronde;
Parlant ainfi des arts, il trompa tout le monde.
 Sous la naïveté de cette expreffion
Il déguife l'eftime & l'admiration :
Vous ne pouviez attendre un plus flatteur éloge
D'un efprit philofophe, & d'une ame allobroge.
Le trait paroît mordant; mais il faut l'avouer,
De notre Difcoureur tel eft l'art de louer.
Chacun a fa façon de penfer, & d'écrire :
Lui, pour faire une éloge, il fait une Satire
 Français, vous aurez donc la clé de fon difcours,
En prenant comme moi tout l'ouvrage à rebours;
Il raifonne partout fur le même principe;
Et ce Sphinx redoutable a trouvé fon Œdipe. *

---

* Dans fon Difcours Académique, compofé fans fageffe, couronné fans prudence, & publié fans gloire, il a voulu paroître fingulier, original, extravagant : il a réuffi.

CHANT CINQUIEME.

CHAQUE fiecle a fon goût qui dans un tems preſcrit
Fait regner le génie ou fait briller l'eſprit :
Heureux l'age éclairé qu'aucun vice n'altère,
Et qui porte du grand le noble caractére !
Tel fut pour les beaux arts le régne de LOUIS :
Nos yeux de fon éclat font encor éblouis.
On aime à décider dans le fiécle où hous fommes ;
Mais trop légérement on péfe les grands hommes.
Entre Apollon & Pan quiconque veut juger
Ne doit pas fans prudence aux combats s'engager.
Tel fe mêle aujourd'hui de difputes pareilles,
Qui pouroit de Midas remporter les oreilles.

    Croit-on avec fuccès, du Public accueilli,
Perfécuter Rameau, décréditer Lulli,
Dire à la nation que de fon plat théâtre
Elle eft depuis cent ans fottement idolâtre ;
Sans eſprit pour juger, fans ame pour fentir :
Qu'il ne lui refte enfin qu'un honteux répentir...
Difcours que tout condamne & rien ne juftifie !

    Voilà de tes écarts, vaine Philofophie :
Quand l'efprit s'abandonne à tes illufions
Il veut autorifer jufqu'à fes vifions.
Bifarre par nature, injufte par fiftême,
Contre le goût d'un peuple on lance l'anathême ;
Les ciniques fureurs appuiront les travers :
Un Diogéne feul brave tout l'univers.

L'un eſt ſimple , il déplaît ; c'eſt un triſte Plein-chant ;
L'autre avec plus d'éclat n'a rien de plus touchant.
Mais tous deux aux regards d'un cinique adverſaire
Ne déplairoient pas tant , s'ils ſavoient moins nous
        plaire.
   Peut-être par l'abus des contrariétés
Fait-il l'éloge adroit de ces hommes vantés ?
Car dans tout le tiſſu d'un diſcours téméraire
La vérité ſe trouve en prenant le contraire.
Ne vous étonnés pas , grand Orcheſtre Français ,
Qu'aux *traiteaux de Guinguette* il borne vos ſuccès.
Par un trait de ſatire on croiroit qu'il vous fronde :
Parlant ainſi des arts , il trompa tout le monde.
   Sous la naïveté de cette expreſſion
Il déguiſe l'eſtime & l'admiration :
Vous ne pouviez attendre un plus flatteur éloge
D'un eſprit philoſophe , & d'une ame allobroge.
Le trait paroît mordant ; mais il faut l'avouer ,
De notre Diſcoureur tel eſt l'art de louer.
Chacun a ſa façon de penſer , & d'écrire :
Lui , pour faire une éloge , il fait une Satire
   Français , vous aurez donc la clé de ſon diſcours ,
En prenant comme moi tout l'ouvrage à rebours :
Il raiſonne partout ſur le même principe ;
Et ce Sphinx redoutable a trouvé ſon Œdipe. *

---

* Dans ſon Diſcours Académique , compoſé ſans ſageſſe , couronné
ſans prudence , & publié ſans gloire , il a voulu paroître ſingulier , original , extravagant : il a réuſſi.

CHANT CINQUIE'ME.

CHAQUE siecle a son goût qui dans un tems prescrit
Fait regner le génie ou fait briller l'esprit :
Heureux l'age éclairé qu'aucun vice n'altére,
Et qui porte du grand le noble caractére !
Tel fut pour les beaux arts le régne de LOUIS :
Nos yeux de son éclat sont encor éblouis.
On aime à décider dans le siécle où nous sommes ;
Mais trop légérement on pése les grands hommes.
Entre Apollon & Pan quiconque veut juger
Ne doit pas sans prudence aux combats s'engager.
Tel se mêle aujourd'hui de disputes pareilles,
Qui pouroit de Midas remporter les oreilles.

Croit-on avec succès, du Public accueilli,
Persécuter Rameau, décréditer Lulli,
Dire à la nation que de son plat théâtre
Elle est depuis cent ans sottement idolâtre ;
Sans esprit pour juger, sans ame pour sentir :
Qu'il ne lui reste enfin qu'un honteux repentir...
Discours que tout condamne & rien ne justifie !

Voilà de tes écarts, vaine Philosophie :
Quand l'esprit s'abandonne à tes illusions
Il veut autoriser jusqu'à ses visions.
Bisarre par nature, injuste par sistême,
Contre le goût d'un peuple on lance l'anathême ;
Les ciniques fureurs appuiront les travers :
Un Diogéne seul brave tout l'univers.

Les Arts sont odieux ; la France est imbécille :
On n'épargnera plus ni la Cour ni la Ville ;
Et traçant l'amertume en stile de pédant,
On ne se *plairoit pas* , si l'on n'étoit mordant...
Sarcasme, injure, affront, tout devient légitime :
C'est par là qu'on merite au moins sa *propre estime* ;
Et laissant les sifflets du Public révolté
On s'applaudit soi-même avec tranquillité.

Si le cri général poursuit le Misanthrope ;
N'a-t-il pas sa vertu qui lui sert d'envelope ?
Il soutiendra l'assaut jusqu'au dernier soupir ,
Et la Philosophie en fera son martir....
Oui ; mais bientôt le mal devenant frénésie ,
A force de combattre arts , goûts , chant , Poësie ,
La Police enverra pour de fortes raisons ,
Loger mon Philosophe aux petites-Maisons.

Fuïons de ces sçavans l'extravagance aisée ,
Et toujours méprisable , & toujours méprisée.
La sagesse n'est point cette ombre de vertu
Que forme un goût bisarre & partout combattu.
C'est peu qu'un Philosophe ait l'esprit estimable :
Que dis-je ? il ne l'est point , s'il n'a le cœur aimable ;
S'il n'apporte en effet dans la société
Ce goût chéri du monde , & plein d'humanité.

Veut-on connoître un Sage ; en voir l'heureux modéle ?
La Gréce avoit Platon , la France a Fontenelle.
Ces deux flambeaux du vrai , du goût , du sentiment,
Répandent la lumiére , ainsi que l'agrément.
Leurs talens sont pour nous une source féconde ;
Et c'est en le charmant qu'ils instruisent le Monde.

Mais qui peut égaler des exemples pareils ?
Tous les aftres du Ciel ne font pas des foleils.
On peut dumoins paraître , & briller dans fa fphére ;
Comme un feu bienfaifant dont la clarté différe.
Faut-il changer l'efprit en funefte poignard ,
Qui brille avec audace , & qui frappe avec art ?
Faut-il fronder les mœurs de tout un peuple enfemble ;
Fit-on de fa fottife un portrait qui reffemble ?
Ne doit-on pas rougir d'avoir ainfi raifon ,
Et peut-on pour remède employer le poifon ?
   O ! Toi qui revêtu du manteau philofophe ,
(Car enfin il eft tems que ma voix t'apoftrophe)
Viens par le bruit confus de tes folles clameurs
Tirannifer nos goûts , nos talens , & nos mœurs ;
Difcoureur , fixe donc la mufique excellente :
Choifis : l'aimes-tu fimple , ou l'aimes-tu brillante ?
Que Lully , que Rameau détermine tes vœux....
Mais ta voix les outrage ; & c'eft ce que tu veux.
Par tes raifonnemens , aulieu de nous inftruire ,
L'un à l'autre oppofés , tu prétens les détruire ,
Pour les facrifier à tes Italiens.
Avec nous aujourd'hui n'as-tu pas des liens ?
Tu préféres la Seine à tes monts Allobroges :
Partage nos plaifirs , mérite nos éloges ;
Et vivant parmi nous , fans nous faire la loi ,
Connois tout le péril de nous manquer de foi.
  Fais plutôt à la France agréer tes fervices ;
Honore nos vertus , diffimule nos vices.
Dans notre goût Français laiffe-nous replongés ;
Et refpecte chez nous jufqu'à des préjugés,

                          Chez

Chez toute nation le Sage les respecte ;
Point de Philosophie enfin qui soit suspecte.
Peut-être mes conseils iront-ils jusqu'à toi :
Suis-les pour m'en punir ; c'est te venger de moi.
  Rarement un Sophiste , un esprit à sistême
Connoît cette vengeance & renonce à lui-même.
Il faut , pour revenir de ses égaremens ,
Qu'il pése les raisons , & non les sentimens.
La voix , l'autorité d'un peuple né pour plaire ,
Que le goût du plaisir , que l'amour propre éclaire ,
Pour le persuader ne lui suffisent pas.
Rien ne l'oblige encore à reculer d'un pas ,
Et s'il n'est convaincu la victoire lui reste :
Mais sa sécurité craint peu ce coup funeste.
Hé bien ! que le Sophiste enfin soit confondu ;
Faisons tomber un coup trop lontems suspendu.
En tournant contre lui jusqu'à ses propres armes ,
On peut lui préparer d'invincibles allarmes.
Raisonnons en effet comme il fait raisonner :
Sa Logique est frappante , & poura l'étonner.
  L'Idiome Français resiste à la Musique ;
La Langue Italienne a la douceur lirique :
Dans l'Europe son chant s'est partout répandu ,
Et la France est bornée à son goût prétendu.
Donc , conclud mon Docteur en *argument Baroque* , *
Et d'un ton de pédant dont la rudesse choque ,
Avec son cher Quinault l'infortuné Lulli
Dans un oubli profond doit être enseveli :
Donc le grand Opéra , sûr de la préférence ,

* In Baroco.

E

Eſt né dans l'Italie , & ne peut naître en France...

Sans vouloir diſputer ſur la comparaiſon *

Qui par le plus ou moins contente la raiſon ;

Car un moindre ſuccès ne doit pas nous exclure ,

Et c'eſt le ſeul affront qu'on en puiſſe conclure :

Admirons en paſſant comme il ſe contredit !

Il fronde ici Quinault ; plus loin il l'applaudit.

Comment peut-il après l'appeller un *grand homme* ,

S'il n'a pas réuſſi dans ſon art qu'on renomme ?

Mais ſans multiplier nos vaines queſtions

Sur un diſcours tiſſu de contradictions

Que le ſarcaſme infecte , & la haine empoiſonne ,

Par le même principe à mon tour je raiſonne.

Si l'on vouloit en vers ſophiſtiquer l'ennui ,

Il ne faudroit que mordre , & tromper comme lui :

Eſſayons une fois.... La Langue Britannique

Prête moins que la nôtre à l'effort Dramatique :

Le Théâtre Français eſt le ſeul excellent ;

De nos Acteurs l'Europe adore le talent ;

Mais le Théâtre Anglais borné dans ſon empire

N'étend point au-delà l'horreur qu'il nous inſpire...

Donc Skheſpir , Addiſſon dans un art ſi vanté

Malgré leurs noms fameux , n'ont aucune beauté ;

Donc au ſceptre du goût Melpoméne ſoumiſe

Doit quitter pour jamais les bords de la Tamiſe :

Donc toute l'Angleterre a tort de s'émouvoir

A des ſpectacles vains qu'on rougiroit de voir....

---

* En comparant les deux langues enſemble , il n'en réſulte que du plus ou du moins pour le ſuccès dans la Muſique , & non l'impoſſibilité de réuſſir.

Ah ! si mon Raisonneur vouloit aller à Londre
Prêcher ce paradoxe afin de le confondre ,
Qu'il reviendroit bientôt modeste & corrigé :
Car à Londre on corrige , & tout homme est jugé.
Voilà pourtant les traits dont armant sa Logique
Il veut mettre au tombeau la Françaife Mufique.
Un Sophifme l'immole ; & quand elle n'eft plus,
Il dit que l'Italie a le goût des Elus.
Si pour reffufciter le chant François s'allie
Par un lâche commerce à ce goût d'Italie ,
Il en doit naître un monftre exécrable , hideux ;
Gardez-vous bien , François, de les unir tous deux.
Ah ! c'eft défigurer , non guérir un malade :
Contentez-vous plutôt de votre goût mauffade.
L'affemblage odieux qu'on ofa vous prêcher
Du naturel jamais peut-il vous rapprocher ?
Ce mélange des goûts n'eft qu'un vain paradoxe : *
Défertés *l'hérétique* ; embraffés l'Orthodoxe....
    Après ce grand oracle , on refufe aux François
Tout honneur de talent , tout efpoir de fuccès.
Mais avec fon Parti qu'il s'accorde lui-même ;
A tout propos il change , où force fon fiftême.
Jeunes Compofiteurs , dit-il , que les *Romains*
Vous forment nuit & jour ; feuilletés dans vos mains...
Hé bien ! qu'apprendront-ils par ces leçons muettes ?
L'art de nous étourdir avec des Ariettes.

---

* Le petit Prophéte a prêché ce mélange : il ne parloit cependant
qu'au nom du Parti. Le Philofophe prêche tout le contraire. On voit
combien ces Meffieurs s'accordent dans leur confpiration contre la Mufique Françaife : ils ne favent ni ce qu'ils difent ni ce qu'ils ont dit
Voilà le fond de la Lettre de *Jean-Jacques* ; les injures en font la forme.

Doivent-ils envier un si mince trésor ,
Lorsque nous possédons chez nous des mines d'or ?
Mais au chant d'Italie enfin peut-on prétendre ,
Puisqu'on ne trouve point d'oreilles *pour l'entendre* ,
D'Auteurs pour *le saisir* , d'Acteurs pour *le chanter* ,
Et d'Orchestre surtout pour le faire gouter ?

    Le Génie immortel qui veille sur ta gloire
Verroit-il sans couroux une fureur si noire ,
France ? Mais le goût même a de quoi se venger ,
Puisqu'on se deshonore en osant l'outrager.
Pourquoi ce Medecin, cinique inexorable ,
Vient-il nous confirmer notre mal incurable ,
Et peindre des malheurs qu'il ne peut secourir ?
C'est nous désesperer aulieu de nous guérir.

    Le Prophéte dumoins en visitant la France
Nous offroit le remède ainsi que l'espérance.
Le saint homme , il est vrai , prêchoit sans mission ;
Mais pour telle il donnoit sa sotte vision.
Il se vit soutenu d'un renfort de Libelles ,
Et sans trop y songer devint chef des Rebelles.
On sait son innocence ; on lui pardonne tout :
Eh ! des Bohémiens connoissent-ils le goût ?

    Aussi dans son audace un Nain si ridicule
Eut l'honneur de tomber sous le bras d'un Hercule. *
Mais, quoiqu'il fut prophéte , & fou de son métier
Il n'avoit pas l'orgueil d'un Philosophe altier ;
Il ne raisonnoit pas : son successeur raisonne ,
Couvrant tout le Parti *de sa seule personne*.

---

* Le grand Prophéte *Monet* écrasa le petit Prophéte de Bochmisbroda.

Cet Horace moderne en recevant les coups
Sur le Pont des Romains combat seul contre tous.
Mais que dis-je ? Il n'est point ce défenseur fidéle :
Chef de Conspirateurs dont il arma le zéle,
Au Parti, pour héros, lui-même il se donna ;
Faut-il y voir *César* * avec *Catilina* ?

Déja le camp rebelle a disposé les crimes :
Le Génevois superbe a marqué les victimes ;
Et la plume à la main, voulant immoler tout,
A donné le signal pour massacrer le goût.
Qui le terrassera ce mortel indomptable ?
Mais je vais lui nommer un vainqueur redoutable.

Il sçait que les bons mots ne font pas des raisons ;
Qu'on ne peut rien prouver par les comparaisons,
Que la bouche du sage ignore le sarcasme,
Et qu'un faux zèle entraîne un vain enthousiasme.
J'avoûrai, s'il le veut, que mes traits émoussés
Sont par son stoïcisme aisément repoussés :
Pour établir enfin la primauté lirique,
Abandonnons tous deux les fleurs de Rhétorique.

Tous les raisonnemens, les phrases, les grand mots,
Emphatique étalage, épouvantail des sots,
Contre le sentiment ne font rien de plausible :
Consultons sur ce point un oracle infaillible,
Et laissant l'Italie étaler ses succès
Renfermons notre goût dans l'empire Français.
Si nous n'envisageons ce goût que pour nous même,
N'avons nous pas chez nous son arbitre suprême ?

* Tout ce qu'on a pû dire de nos prétendus Philosophes ne doit point retomber sur M. d'A. . . . Caractére doux, sociable, & Citoyen : je ne parle pas de son génie ; il est au-dessus de toute expression : mais n'a t-il pas le cœur Français ?   E iij

Vous, Sexe trop aimable, à qui dans sa bonté
Le ciel a départi la senfibilité ;
Vous ne la bornez pas cette délicateffe
Aux fimples agrémens nés de la politeffe :
Vous l'étendez encore aux ouvrages de goût ;
A vous feul appartient le droit de regler tout.
D'après le fentiment, le plaifir, la nature,
En vous le goût décide ; il eft fans impofture :
Il faifit dans les arts leurs véritables traits.
Moins fenfibles que vous, nous fommes plus diftraits :
L'homme trop réfléchi délibère, examine ;
Il attend la raifon ; chez vous le goût domine ;
Et quand vous n'auriez pas l'éclat de la beauté,
Il nous faudroit foumettre à votre autorité.

Devant ce tribunal que tout doit reconnoître,
Beau Sexe, deux Rivaux aujourd'hui vont paraître ;
Jugez les, jugez nous ; c'eft l'unique moyen
De vaincre un Philofophe, & faire un Citoyen.
Tout orgueilleux qu'il eft de fa mifanthropie,
Il n'ofera fur vous lever un bras impie.
Dites quel goût chéri trouve grace à vos yeux :
Et foyez déformais nos Prophètes, nos Dieux.

Ce coloris brillant qu'inventa l'Italie,
Pour orner la nature, ou peindre la folie,
Ne vous caufe-t-il pas un invincible ennui,
Par la fatiété qu'il entraîne avec lui ?
Tout ce feu pétillant d'où s'élance la flame,
Va-t-il frapper au cœur ? Va-t-il échauffer l'ame ?
Il s'arrête à l'oreille, & fans la contenter
L'importune fouvent au lieu de la flatter.

Ce n'eſt que par caprice & que par intervalle
Qu'il vient intéreſſer la ſcène muſicale :
Il faut pour parvenir au moment des beaux Airs
Traverſer une plage & de vaſtes déſerts.

 Mais le beau chant Français porte un trait qui vous
  bleſſe ;
Et du cœur attendri va chercher la foibleſſe.
Il pénètre, il agite ; & cette émotion
Se ſoutient, ſe nourrit, croît avec l'action.
Tel eſt l'enchantement de la ſcène Françaiſe ;
Sitôt que vous ſentez, il faut qu'elle vous plaiſe…
Sexe, arbitre du monde, en prononçant l'arrêt,
Vous conſultez le cœur ; vous peſez l'intérêt :
Le ſentiment vous guide & le goût vous éclaire :
Déclarez nous enfin le Rival qui ſçait plaire…

 La timide pudeur colore vos appas :
Vous voulez qu'on devine, & ne prononcez pas.
Mais vos ſaiſiſſemens, vos ſoupirs, & vos larmes,
Lorſque la tendre Aurore exprime ſes allarmes ;
Ou que Pygmalion dans ſon auguſte Cour
Anime ſon ouvrage au flambeau de l'amour :
Que Pollux à la mort redemandant ſon frère
Va forcer des enfers l'éternelle barrière ;
Que pour ſauver ſon fils aux portes du trépas
Un grand Roi ſacrifie un objet plein d'appas : *
Tous vos empreſſemens, quand la voix d'un Orphée **

---

 * On nomme ces quatre Opéra, parce qu'ils ont été repréſentés de
ſuite, & que la mémoire en eſt récente. On ne cite point le *Devin de
Village*, parce qu'il ne le mérite pas.
 ** M. Jéliote, qui ſe ſurpaſſe lui-même dans *Caſtor & Pollux*.

Prépare au goût Français quelque nouveau trophée ;
Vos cœurs émus, vos yeux qui s'attendriſſent tous,
Votre ſilence même a prononcé pour vous.

　　Ainſi le chant Français ne craindra plus d'outrage ;
Il devient invincible ; il a votre ſuffrage.
Son Rival peut aller dans ſon climat natal
Annoncer un triomphe à ſa gloire fatal :
Il peut armer l'Europe, & toute ſa puiſſance ;
Malgré l'Europe & lui, nous chanterons en France ,
Et notre Goût Français parmi nous produira
De la grande Muſique, & de vrais Opéra. ✱

　　✱ Tels que *Caſtor & Pollux* ; Opéra vraiment tragique , où l'on ne
trouve que du génie , que du ſublime partout ſoutenu : ce que les grands
connoiſſeurs placent bien au-deſſus de l'eſprit & de toutes ſes gentil-
leſſes. Quand on a du Corneille , on ne regrette pas du Campiſtron. Ce
n'eſt pas que l'Opéra de *Caſtor & Pollux* n'ait des ſcénes riantes & vo-
luptueuſes ; tels que les plaiſirs céleſtes & les Champs Eliſées , ſi bien
amenés dans le terrible de l'action , pour en rendre la force & la grandeur encore plus ſaillantes. La muſique y préſente partout des images
grandes , ou de grandes paſſions ; parce que la Poéſie les offre elle-
même ; & toutes deux forcent l'admiration par les prodiges de l'art. On
ne remporte point de cet Opéra de petits Airs dans ſa mémoire , comme : *J'ai perdu tout mon bonheur. Si des galans de la ville. Non,
non, Colette n'eſt point trompeuſe. Quand on ſait aimer & plaire* , &
cent autres fadaiſes du *Pont-neuf* ; mais on remporte dans ſon ame
l'enchantement ; on eſt comblé ; le cœur ne déſire plus rien ; l'eſprit
ne voit rien au-delà : la pitié , la terreur , ces deux pivots tragiques ,
vous ont rempli tour-à-tour ; l'Opéra finit, & l'admiration vous reſte.

F I N.

ENVOI.

O Vous, belle Marquise, achevez mon ouvrage ;
Et pour l'honneur Français portez les derniers coups :
 Mon art qui ne peut rien sans vous
 Peut tout avec votre suffrage.

Ah ! si le Dieu du Goût vouloit nous enchanter,
Et recevoir l'homage en se faisant connaître ;
 Comme vous il devroit paraître,
 Comme vous il devroit chanter.

Vos graces, vos talens, & votre voix divine
D'une brillante Cour augmentent les appas ;
 Et si je ne vous nomme pas,
 Toute la France vous devine.

ADIEUX
AUX BOUFFONS.

LE goût Français triomphe ; & bientôt la folie ,
Marchant fous l'étendart de la fiére Italie ,
N'ofera plus enfin deshonorer ces lieux
Où nous chantons les Rois , les Héros , & les Dieux.

Ah ! France , quel fpectacle étalant fes merveilles
Aura frappé nos yeux & flatté nos oreilles !
Quels miniftres nouveaux dans leur lirique ardeur
Du Théâtre ufurpé foutenoient la grandeur !
Y reconnoiffions-nous cette force divine ,
Qui doit au Merveilleux fa brillante origine ?
Nos yeux retrouvoient-ils ce pompeux appareil ,
Le plus beau qu'en fa courfe éclaire le Soleil ?.

Ainfi donc un grand art , qui forçant tout obftacle
Avoit jufqu'au fublime élevé le fpectacle ,
Voyoit tomber fa gloire & regner triomphans
Des jeux que la folie a faits pour fes enfans :
L'Opéra n'étoit plus qu'une Farce comique ,
Et le Mîme fiégeoit fur le thrône lirique.
Dans des tems malheureux , tel on vit autrefois
Le Léopard s'affeoir au thrône de nos Rois ;
Quand pour l'honneur des Lys une jeune Héroïne
De ce monftre fatal acheva la ruine.

Oh ! comme Despréaux, de son bras redouté,
Eût foudroyé son siécle aujourd'hui si vanté ;
S'il eût vû par caprice à cette extravagance,
L'encensoir à la main, courir toute la France ;
Lui qui du grand Quinault, réchauffé par Lulli,
Persécutoit le goût qu'il croyoit avili ;
Lui qui sur le Théâtre, alors dans sa noblesse,
La satire à la main, gourmandoit la foiblesse ?

Quoi ! d'un régne fameux ce rare monument,
Temple de l'harmonie & de l'enchantement,
N'auroit plus retenti dans ses fêtes publiques
Que des fredons Romains, & des chants Italiques ?
On eût vû succéder à la noble action
Le lazzi ridicule & la contorsion ?
Ce spectacle de gloire, où régnoit la décence,
Qui s'admirant lui-même en sa magnificence
Réunissoit le goût, les arts, & les talens,
De l'Empire Français caractéres brillans ;
Enfin d'un vaste corps tant de belles parties,
Par des ressorts heureux au sujet assorties ;
En un mot l'Opéra deshonoré, perdu,
Eût tombé dans l'oubli tristement confondu,
Et d'un goût dépravé l'injurieux caprice
En eût fait aux Bouffons un honteux sacrifice ?

Ces hommes immortels, les Lulli, les Campra,
Dont la verve divine enrichit l'Opéra ;
Tous ces imitateurs, que leur veine fertile
Fit connoître à la Cour, fit aimer à la Ville,
Jusqu'à Rameau lui-même admiré des Romains,
Étoient sacrifiés à d'indignes Humains,

Qui par un art frivole, enfant de l'imposture,
Ne savent que détruire, ou manquer la nature;
Insipides plaisans, qui chez-nous trop loués
Chez leurs concitoyens seroient désavoués.

　　Non, tu n'aurois point vû ce changement extrême,
France; & ta gloire armoit les Français contr'eux même.
Il est des amateurs, dont le bras courageux
Disputoit le passage au torrent orageux.
L'amour de l'harmonie & l'honneur du Théâtre
Vit encor parmi nous dans ce siécle folâtre,
Où les cœurs abbreuvés d'un funeste poison
Refusent l'aliment que prescrit la raison:
Où la frivolité répandant ses vertiges
Pour des réalités nous offre des prestiges;
Siécle où le ridicule est de lui résister,
Où le fou sur le sage a droit de l'emporter,
Où nous perdons du beau les traces immortelles,
Où le seul art de plaire est l'art des bagatelles;
Siécle où le faux brillant tient partout lieu de fonds;
Siécle en effet bisarre, & digne des Bouffons.

　　Déja ces vils serpens, dans la fange de l'herbe,
S'élançant contre nous, levoient un front superbe.
Que devenoit, grands Dieux! l'honneur du nom Français,
Si l'aveugle fortune eût fixé leurs succès?
Ces flots d'admirateurs qui des lointains rivages
Aux merveilles du monde apportoient leurs homages;
Qui promenant partout des regards curieux
Venoient pour contenter leurs oreilles, leurs yeux:
En cherchant l'Opéra dans l'Opéra lui-même,

De quel œil voyoient-ils fa décadence extrême ,
Eux qui comptoient encor , juftifiant leur choix ,
Voir l'Olimpe des Dieux , ou le Palais des Rois ?

A des Bouffons Romains la fcéne abandonnée
Offroit pompeufement la Farce couronnée ;
Étrange Mafcara de , où d'Italiques fons
Sembloient d'une Taverne animer les chanfons ;
Et la France imbécile ofant d'une main folle
Quatre fois la femaine encenfer cette Idole.

Français, nous difoient-ils : dans vos jeux triomphans
Des fous fur le Théâtre amufent des enfans.
Vous n'êtes plus Français ; ce beau nom perd fa gloire,
Dès qu'aux Italiens vous cédés la victoire....
C'eft ainfi qu'indignés , & juftement furpris
Au lieu de leur fuffrage ils marquoient leur mépris.
Ils rougiffoient pour nous de voir que la licence
Dans l'enceinte lirique eut placé l'indécence,
Et qu'ufurpant l'homage un burlefque effronté
Fût l'opprobre du Temple & la Divinité.

Car enfin ces Rolands qui renverfoient la terre,
Ces Phaëtons frappés par les coups du tonnerre,
Ces tempêtes, ces feux, ces tourbillons épars ,
Ces cafcades du Nil , ces defcentes de Mars ;
Des Cieux & des Enfers l'image préfentée ,
Dans tous fes changemens la nature imitée ;
Ces fureurs de l'amour , plaifir majeftueux ,
Ces douceurs de l'amour , plaifir voluptueux ;
Tout auroit difparû , pour ne plus reparaître ,
Si le Bouffon vainqueur , du Théâtre le maître ,

Dans l'harmonique empire ofant affervir tout,
Pour couronner l'opprobre , eût déthrôné le goût.

Eh ! quels befoins preflans , quels brillans avantages
Pouvoient autorifer de dangereux partages ?
Pourquoi de notre gloire interrompant le cours
Des fous de l'Italie emprunter le fecours ,
Et farcir l'Opéra d'un Intermede étrange ,
Qui forme des deux goûts un bifarre mélange ?
Dans un même fpectacle & dans un même lieu
Pourquoi nous préfenter l'Efclave avec le Dieu ,
Au langage Français mêler celui de Rome ,
Et faire tour à tour jouer le Singe & l'Homme ?

Parlez , vous du Théâtre , ardens Réformateurs ,
Vous qui nous réferviez ces fpectacles flatteurs ;
Tant d'Opéra Français , antiques ou modernes,
Intéreffent-ils moins qu'un tas de *balivernes* ,
Ramas infortunés de morceaux tout divers ,
En habit d'Arlequin façonnés de travers ;
Harmonieux lambeaux , dont s'orna la folie ,
Pour fe proftituer aux Farces d'Italie ?

Le Théâtre Français , fans l'appui des Bouffons ,
Eft riche de lui-même & de fon propre fonds.
Il ne tiendra qu'à nous fur la fcéne harmonique,
Sans paffer au rampant , de defcendre au comique :
Les chemins font frayés à nos Compofiteurs ;
Et Platée & Ragonde illuftrent leurs Auteurs.
Ces morceaux précieux , vrais enfans du génie ,
Ont les graces du chant , des vers ont l'harmonie :
La France pour fa gloire en peut vanter les traits;

Elle en peut fans rougir contempler les portraits.

Un riant badinage anime leur jufteffe ;
Le bon mot n'y prend rien fur la délicateffe ;
Le tour en eft plaifant , mais fans être farceur :
Tous deux ont réuni la force & la douceur.
La Mufique y foutient l'aimable Poëfie :
A l'action la danfe avec art s'affocie.
Ces Ballets applaudis font des Fêtes pour nous ;
Italiens , voilà des modéles pour vous.

Ce n'eft point un amas d'Ariettes frivoles ,
Froides comparaifons , ou vagues hiperboles ,
Que des traits pétillans , à l'excès répétés ,
Défigurent toujours à force de beautés.
Vous n'y trouverez point de ces vaines merveilles ,
Qui par le Cromatique affligent nos oreilles;
De ces chants affadis pour être affectueux ,
Et que vous feuls vantés comme voluptueux :
Point de ces tons perçans , que des voix inconnues
Aux dépens de leur fexe élévent dans les nues ;
De ces Récitatifs ennuieux à la mort ,
Dont l'air pfalmodié nous berce & nous endort.

C'eft un chant naturel , élégant , délectable ,
Qui prend des paffions le ton fi refpectable ;
Qui peignant le plaifir dans tout fon agrément
Nous en offre l'image avec le fentiment.
Artiftement placé chaque trait brille , éclate ;
Plaifant ou férieux , c'eft le vrai qui nous flate.

Que d'applaudiffemens reçus & mérités ,
Lorfque par nos Acteurs tous deux repréfentés
Du Carnaval folâtre embelliffoient les Fétes !

Ils trouvoient pour louer des bouches toujours prêtes.
Ce tems, cet heureux tems doit bientôt revenir ;
Le comique effronté peut-il se soutenir ?

Un méprisable excès ne sera point le nôtre.
Le Français inconstant passe d'un goût à l'autre.
Entrainé par la mode, où par la nouveauté,
Il se livre au torrent de sa vivacité,
De deux goûts opposés embrasse les sistêmes,
Va, revient, se contente, & parcourt les extrêmes :
Mais son cœur n'est ouvert qu'aux belles passions.

Ainsi, Mîmes, allez chez d'autres nations,
Avec gloire étalant vos Farces révoltantes,
Leur donner loin de nous des Fêtes éclatantes.
Aux rivages du Rhin le héros *Manelli*
Peut emporter son masque avec la *Tonelli.*
Oui, partés : des Germains parcourant les limites
Faites danser vos *Ours*, & bouillir vos *Marmites.*
La France a prononcé ; l'arrêt va s'accomplir :
Tirans, cedés le thrône à qui fait le remplir.

Quand Castor & Pollux, ces astres favorables,
Élévent sur les mers leurs clartés secourables ;
Les vens tumultueux abandonnent les flots ;
L'espérance renaît au cœur des matelots.
Sur l'Océan lirique, étonné de sa Fête,
Ces Dieux par leur présence ont calmé la tempête.
Au Théâtre, Rameau se montre ; c'est assez :
Le Dieu du goût paroît ; Bouffons, disparoissez. *

* Ce morceau de Poësie a déja parû sous le nom d'*quisquina* : mais on l'a retouché pour en faire les *Adieux aux Bouffons.*

F I N.

www.ingramcontent.com/pod-product-compliance
Lightning Source LLC
Chambersburg PA
CBHW060459260626

47161CB00005B/2168